小說新賞

鐵面無私辨忠奸

包公案

原著　明·佚名
編寫　陳昭如

三民書局

我常常思索著，我是怎麼成了一個說故事的人？

有一段我已經忘卻的記憶，那是一個沒有什麼像樣娛樂的年代，大人們忙著養家活口或整理家務，大部分的孩子都是自己尋找樂趣，妹妹告訴我，她們是在我說的故事中度過童年的。我常一手牽著小妹，一手牽著大妹，走到家附近那廢棄的老宅前，老宅大而陰森，厚重而斑駁的木門前有一座石階，連接木門和石階的磚牆都已傾頹，只有那座石階安好，作為一個講臺恰到好處。妹妹席地而坐，我站上石階，像天方夜譚般開始一千零一夜的故事。

記憶中的小時候，我是個木訥寡言的人，所以當小妹說起這段過去時，我露出不可思議的神情，懷疑她說的是另一個人的事。雖然如此，我卻記得我是如何開始寫故事的。那是專三的暑假，對所有要上大學的人來說，這個暑假是很特別的假期，彷彿過了這個暑假就從青少年走入成年。放暑假的第一天，我從北部帶著紅樓夢返家，想說漫長的暑假適合讀平日零碎時間不能完整閱讀的大部頭。當我花了兩個星期沒日沒夜看完紅樓夢，還沒從寶黛沒有快樂結局的悲悽愛情氛圍中脫身，突然萌生說故事的衝動，便在酷暑時節，窩在通鋪式的臥房，以摺疊成山的棉被權充書桌，幾個下午就完成我的第一篇短篇小說、我說的第一個故事。寫完時全身汗水淋漓，用鉛筆寫的草稿也被手汗沾得處處字跡模糊，不過我不擔心，所有的文字都在我腦海中，無需辨認。之後我又花了幾天把草稿謄在稿紙上，投寄到台灣日報副刊，當那個訴說青春少女和遲暮老人忘年情誼的小說變成鉛字出現在報紙副刊，我知道我喜歡說故事、可以說故事，於是寫了一篇又一篇的小說，直到今天。

原來是經典小說帶領我走入說故事的行列，這段記憶我始終記

得，也很希望在童年時代還耐不下性子閱讀原典的孩子們，能和我一樣在經典故事中成長。

　　雖然市場上重新編寫經典小說的作品很多，但對我這個有兩個少年階段孩子的母親來說，卻總覺得找不到適合的版本，不是太簡單，就是太難，要不然就是刪節得不好，文字不夠精確等等，我們看到了這當中的成長空間，於是計畫進行一套經典小說的改寫版本。

　　首先我們先確定了方向，保留較多文學性，讓這套書適合大孩子閱讀；但也因為如此，讓我們在邀請撰稿者方面碰到不少困難。幸好有宇文正、石德華、許榮哲等作家朋友們願意加入，加上三民書局之前「世紀人物 100」的傳記書系列，也出現了不少有文采、有功力的寫作者，讓這套書可以順利進行。對於文字創作者來說，創意是珍貴的資產，但改寫工作就像化妝師，被要求照著一張照片化妝，不能一模一樣，又不能不一樣，一些作者告訴我，他們在撰寫這系列的書時，常常因為想寫的和原著不太一樣而卡住，三民書局的編輯也常常要幫著作者把寫作節奏拉回來，好幾本書稿都是初稿完成後，又大幅刪修，甚至全部重寫。辛苦的代價便是呈現在讀者面前的這套書──文字流暢、故事生動，既有原典的精華，又有作者的創意調拌，加上全彩印刷、配圖精美。這是我為我的孩子選擇的一套書，作為他們告別青春期的最佳禮物，希望能和天下的學子、家長們分享，也期待這套「大部頭的套書」，經過作家們巧妙的改寫、賦予新生命後，保留了經典的精神，又比文言白話交雜的原典更加容易親近，讓喜歡聽故事、讀故事的孩子，長大後也能說故事、寫故事，於是中國經典文學的精華就能這麼一代一代傳誦下去。

林黛嫚

包公案

目次

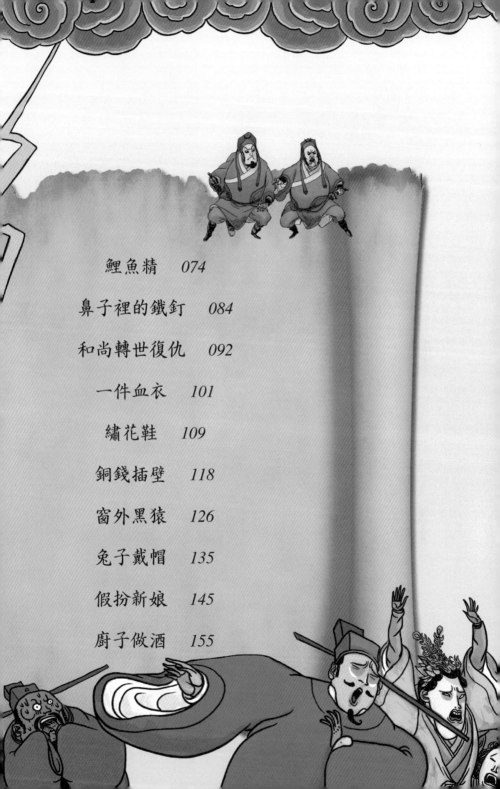

導讀

提到「包公」、「包青天」，大家應該都不陌生，而且腦海裡立刻會浮現一個臉孔黑黑的、額頭有個彎彎月亮的男子的模樣。他到底叫什麼名字？是個怎麼樣的人？歷史上真有這號人物嗎？

根據史書的記載，包公的名字叫做包拯（西元 999～1062 年），字希仁，是宋朝時廬州合肥人。他二十八歲考中進士之後，曾先後任職於天長、端州、開封等地，在監察部門做過御史、諫議大夫，最後做到樞密副使，成為朝廷的宰輔，死後追贈禮部尚書。由於他還做過天章閣待制和龍圖閣直學士，所以又有「包待制」、「包龍圖」的雅稱。至於一般百姓則習慣稱他為「包公」或「包青天」。

包拯為官期間整治吏治、鞏固國防，又為民請命，是歷史上著名的清官。宋史第三一六卷包拯傳說：「拯立朝剛毅，貴戚宦官為之斂手，聞者皆憚之。」又說「拯性峭直，惡吏苛刻，務敦厚」、「與人不苟合，不偽辭色悅人」，而且當時的制度是告官的民眾不能與斷獄官吏直接對話，包拯卻「開正門，使得至前陳曲直，吏不敢欺」，因此當時民間流行一句話叫做「關節不到，有閻羅包老」。

自宋朝以降，有關包公的小說、戲曲、說唱文學、民間傳說，乃至於電視電影，刻劃了許多有關他清正廉明、剛正不阿的故事，使得包公公平、正義的形象日益深入人心。不過，由於包公斷案的故事有一大部分是屬於民間文學，而民間文學在長時間的傳播過程中，不免會發生文本上的變異，除了主題的置換更替、不同的結尾及細節差異之外，不少歷史上的奇案或是以訛

傳訛，或是未經考證，全部都投射在包公身上。因此胡適曾說，包公是屬於「箭垛式的人物」——就像諸葛亮草船借箭一樣，本來只是一捆乾草，身上卻插著許多支箭，最後成了大功，立了大名。另外，相傳包公是文曲星轉世，他日審陽間，夜審陰間，死後被封為十殿閻王中的五殿森羅王⋯⋯這種種虛構的情節，雖然誇飾、淹沒了歷史上真實包拯的面貌，卻反而讓人對他的印象更為深刻。

真實的包拯被小說家「部分」借用，成了虛構故事的主人翁，因而包公斷案的經過便在不同創作者手中不斷的繁衍增加、擴充變化。事實上，正史中包拯只辦過一樁「斷牛舌」的小案，至於大家熟悉的各式各樣、大大小小的沉冤怪案，乃至於神鬼出沒的超自然奇案，恐怕都不是包拯所為，而是出自文學家的想像。

為何一介清官包拯，會變成人民心中無案不破、神機妙算的青天大老爺？這是有其歷史脈絡可尋的。

在過去專制封建的社會裡，小老百姓面對政治的黑暗，吏治的腐敗，猶如生活在漆黑的牢獄裡，完全看不到未來。像包公這樣清廉的好官，正是小老百姓苦悶生活的一線希望——他鐵面無私，斷案如神，為人民主持正義與公道，等於是把光明帶給了大家。人民稱頌褒揚包公，反映了對現實政治社會的無力與不滿。所以，儘管有關包公光怪陸離的辦案經過與玄妙的說法滿天飛，卻不需要認真去考證這些說法的真實性；因為在大家心目中，包公是正義的化身，是清廉的表率，至於他是否真能上通天庭、下通地府，與人神仙鬼打成一片，就不是那麼重要了。

本書收錄的十九則故事，主要是取材自明朝的包公案，再經過改寫而成。惟需特別說明的是：

一、包公案裡有關「姦夫淫婦」

的情殺案件比例甚高，其中更不乏露骨大膽的描繪，而謀財害命的殘忍案件亦屢見不鮮。另外，書中出現的僧侶形象往往十分負面，甚至語多不敬，並不適合小朋友閱讀，只好忍痛割愛。

二、包公案採自史書、筆記、民間傳說與小說戲劇等，是由百則內容互不相干的公案匯編而成。由於它並非出自一時一人之手，也不是頭尾連貫、有始有終的故事，所以本書中公案的出現順序並無時間先後的意義。不過為了閱讀上的順暢感，作者引用了俠義小說三俠五義中有關包公出生及幼年生活的情節（不盡然是史實），增加了原包公案中沒有的「包黑子」如何變成「包公」一文，以增加讀者對主人翁背景的瞭解。

三、包公在各公案裡的角色頗為迥異，有時是嚴厲無情的執法者，有時是聰明睿智的判官，有時是個性衝動的官吏，缺乏完整而統一的形象。因此，本書對於包公的性格並未過於著墨，僅希望透過其正直無私的辦案態度，以及抽絲剝繭的辦案過程，彰顯出古今執法者均應具備的執法如山、不循私情的精神。

四、包公案雖是中國第一部公案小說，但該書「文意甚拙」（魯迅語），「大概是明、清的惡劣文人雜湊成的，文筆很壞」（胡適語），而且不論是情節的安排，或角色的刻劃往往失之生硬，在文學史上的地位並不特別突出。反觀宋元話本、元雜劇，或三俠五義對包公的生平、個性及斷案經過或有加油添醋之處，但其情節之鋪排起伏跌宕，十分引人入勝，讓包公除了懂得正直判案之外，也會裝神弄鬼耍心機，使用各種巧妙的手段突破犯人心防，內容五光十色，新穎別致，在在增添了不少可看性。本書參考了這些作品的構想，以增加內容的豐富性，應更能吸引小朋友閱讀的興趣。

五、包公案以懲惡揚善、除暴安良等主題著稱，但若是細究每個故事的內在邏輯，像是對「姦夫淫婦」的不齒、對家族價值的高度重視，及對君權制度的絕對尊崇，基本上仍是典型封建時代的產物，充分展露出保守的價值觀念。

包公為了追求最終正義的結局，往往忽略了程序正義：除了擅長設計騙誘犯人招認之外，動用刑具嚴刑拷打犯人更是家常便飯，頗有「濫用刑訊」之嫌（如狸貓換太子裡對郭槐的嚴刑拷打）；為了查明真相而不得不「欺上瞞下」的情況（如黃菜葉裡的屍體裡包公假死欺騙皇上），亦所在多有。另外，他慣常居高臨下、疾言厲色的問案方式，儼然是以「父母官」的姿態牧民馴民，不免予人高高在上的倨傲感。

雖說這些不符現代法治精神和審判工作倫理的情節，有其特定的歷史、社會與文化背景，不能以當今的價值觀來論斷。但為避免誤導起見，本書僅維持了原作中「好人出頭，壞人得到懲罰」的基本要旨，並沒有坊間諸多版本對於代表封建時代道德倫理和忠孝節義的歌頌，而是將重點放在案件的懸疑性及包公的足智多謀，以免強化包公業已被各種傳播形式複製的「封建制度的維護者」與「封建道德的提倡者」之刻板印象。

六、包公辦案的故事中，有不少是靠著夢境、鬼怪來查案、審案及破案，甚至是牽涉到天庭仙界的情節，十分荒誕。

不過，既然包公案原就是口耳相傳的民間故事，而非字斟句酌的史實陳述，違反常理常識卻充滿高度戲劇張力的橋段，例如五鼠大鬧公堂、鯉魚精、烏龜報恩等，往

往才是大家耳熟能詳的經典。作者幾經考慮之後，最後仍決定將這些精采的公案收錄進來。大家不妨視之為古人的絕妙創意，不必以過於嚴肅的角度觀之。

數百年來，包公案之所以廣受歡迎與好評，是因為它滿足了老百姓對正義的渴望，而這種對正義的渴求，從不曾因為時間的更迭而改變。所以各類型創作者便讓包公一次又一次為了各種難纏又難解的奇案東奔西走、明查暗訪，哪怕這些正義可能只是虛構的正義，仍舊能讓觀者得到心理上的慰藉。這種透過作者與讀者共同形塑與完成的理想正義感，或許才是這些斷案故事的核心精神吧！

陳昭如

寫書的人
陳昭如

從小就喜歡看各式各樣的雜書。十二歲讀了世界七大奇觀之後，決定長大要去埃及考古。大學如願念了考古人類學系，最後卻沒有成為考古學家，只好飛到埃及跟金字塔與木乃伊拍照留念，算是勉強完成了童年的心願。目前是自由撰稿人，同時也是一隻小貓的媽媽。

包公案

「包黑子」如何變成「包公」

　　包懷獨自在書房裡踱來踱去，怎麼樣也睡不著。因為他年過半百的老妻竟然懷孕了，讓他一時手足無措，不知道該怎麼辦才好。

　　包懷是盧州合肥的員外，向來以樂善好施著稱。他與妻子周氏生有兩個兒子，一個叫包山，一個叫包海，一家人過著平凡的生活。沒想到周氏突然懷孕，讓他很擔心年邁的妻子受不了臨盆的痛苦，也沒有體力哺育這個遲來的孩子，因此整天都悶悶不樂。

　　到了午夜，包懷一時覺得很睏，便伏在桌上睡著了。他在半睡半醒之間，見到半空中雲霧繚繞，一個青臉紅髮的怪物從天而降，而且左手拿著銀子，右手握著一支硃砂筆，蹦蹦跳跳的走到包懷面前。包懷大叫一聲，剛從夢中驚醒過來，家僕便前來稟報說：「啟稟員外，夫人剛才生下小公子了。」

　　包懷連忙向後屋走去，想去看看周氏與剛出生的兒子。沒想到當他第一眼看到兒子時，整個人都呆住

了：這孩子全身的皮膚黝黑油亮，額頭上還有一個彎彎月亮形狀的胎記，完全不像一般粉嫩可愛的小嬰兒。

「唉，我剛才夢到一個青臉紅髮的妖怪從空中掉下來，結果你娘就生了這麼個烏漆抹黑的小子，真是太奇怪了。」包懷忍不住對包山、包海這麼說。

原本就很擔心家產會被小弟弟瓜分的包海一聽父親這麼說，便火上加油的說：「唉呀，該不會是我們田裡的西瓜成精，投胎成了小弟弟吧？」

站在一旁包海的妻子李氏也說：「妖精跑來我們家？這還得了？如果我們把這孩子留下來，一定會搞得全家雞犬不寧呀！」

「那你們說，該怎麼辦呢？」包懷問道。

「我看，就把他丟到荒郊野外，讓他自生自滅吧！」包海說。

包懷想了好一會兒，終於勉強同意說：「好吧，這事就交給你去辦。如果你娘問起來，你就說孩子出生沒多久就死了。」

於是包海把小弟弟放在茶葉簍裡，帶到深山林裡想拋棄他。突然草叢中發出「吼——」的一聲，包海定睛一看，竟是一頭

兇猛的老虎正朝他跑過來。包海嚇得六神無主，當場丟下嬰兒與茶葉簍，飛也似的拔腿跑了。

包海心有餘悸的跑回家後，將事情的經過告訴妻子，沒想到卻被大哥包山無意中聽見了。包山連忙趕到山林裡，在一處茂密的草叢中，一眼認出那個黝黑的小嬰兒就是自己的小弟弟。他憐惜的將他抱起來，卻發現身旁有個茶葉簍，已經被老虎咬得支離破碎。

「小弟弟大難不死，將來肯定是個了不起的人物！」包山心裡這麼想。

包山將歷劫歸來的小弟弟帶回家後，包懷見小嬰兒竟然毫髮無傷的回來，感到非常驚訝。他沉吟了好一會兒，對家人說：「看來，這黑黝黝的小子註定是我們包家的人。以後，就叫他黑子吧！」

黑子七歲時，包懷請了個飽讀詩書的老先生教他讀書。老先生不管教他什麼，黑子都能對答如流，而且還有著一目十行、過目不忘的本事，大家都十分詫異。包懷發現長相黑醜的黑子竟然是個神童，心裡十分高興，便將當年黑子出生時自己夢到青臉紅髮妖怪的事，原原本本的說了出來。老先生聽了之後，非常吃驚的說：「包員外，當年您夢到的不是什麼妖怪，而

是『魁星踢斗』的魁星啊！」

「魁星踢斗？」

「是啊，所謂魁星踢斗，就是高中狀元的意思。這個魁星的模樣就是青臉紅髮，是個才高八斗的人物。黑子出生時您魁星入夢，可見他一定是天上的魁星轉世，才會這麼聰明呀！」

包懷聽了非常高興，從此給黑子正式取名為「拯」，希望他以後可以發揮自己與生俱來的才華，拯救人民。

經過幾年的苦讀之後，包拯成了滿腹經綸、學問淵博的書生，並且年紀輕輕就考中了進士。皇上多次要封給他官位，可是他都不願意接受。皇上覺得很奇怪，怎麼會有人捨棄飛黃騰達的官位，寧可留在家裡呢？於是便派人去打聽。後來官差回來稟告說：「啟稟皇上，包拯說他爹娘年事已高，如果離開家鄉去做官，就無法全心全意侍奉他們。所以他寧可放棄官位，只求能在家裡奉養年邁的父母。」皇上聽了之後大為感動，從此對包拯留下非常深刻的印象。

過了幾年，包懷與周氏相繼去世，悲痛的包拯在雙親墳旁搭了個草屋居住守喪，長達十年之久。後來街坊鄰居實在是看不下去了，再三勸他應

包公案

該化悲憤為力量，出來為民喉舌、服務大眾，才不會辜負父親希望他拯救人民的期待，<u>包拯</u>才強忍悲痛，決定出來做官。

　　<u>包拯</u>一生清廉正直、鐵面無私，無論是竊盜、殺人，乃至於宮廷醜聞，都能夠秉持著大公無私的精神，將真相查個水落石出，因此後世都尊稱他為「包公」或「包青天」。以下，就是他為官期間，破獲一樁又一樁奇案的故事……

石獅子

烈日當頭的酷暑，有個衣衫襤褸的老和尚來到市頭鎮沿街化緣。他伸出顫抖的雙手，希望路過的人肯施捨一點，可是冷漠的鎮民卻沒人理會他。

太陽有如烈火般的灼熱，老和尚走得搖搖晃晃，幾乎快撐不下去了。這時有間大宅子裡跑出一名僕人叫住他：「師父，請等一下！」

原來老和尚經過的大宅子，是大善人崔員外的家。他看見老和尚頂著烈日又飢又渴的模樣，不免起了惻隱之心，於是吩咐家僕請他到屋內，準備了飯菜給他吃，並問他有什麼需要幫忙的地方。

老和尚說：「其實我來這裡的目的，是想看看有沒有可渡之人。崔員外心腸這麼好，我不能不渡。請崔員外儘快準備船筏逃生，因為不久之後，這裡會發生一場大水災！」

崔員外聽了非常吃驚，連忙問道：「真的？水災什麼時候會來？」

老和尚告訴他說：「東街寶積坊下有一對石獅子。你只要看到石獅子的眼睛流血，就表示水災要來了。」

「那我得立刻通知其他的鄉親父老，要大家快點準備準備！」崔員外露出焦急的神情說。

「唉，市頭鎮除了你之外，都是些冷漠自私的人，他們不會相信你的話。而且你就算躲得過這次水災，也未必能逃過日後的大難。」老和尚說完後，拿起紙筆寫下了四句話：

天行洪水浪滔滔，遇物相援報亦饒；
只有人來休顧問，恩成冤債苦監牢。

「請問這四句話，是什麼意思呢？」崔員外困惑的問道。

老和尚只是笑笑，說：「以後你自然就會明白了。」說完便揚長而去。

老和尚走了以後，崔員外隨即雇了一批工匠，連夜在河邊趕造十幾艘大船。街坊鄰居問他造大船要做什麼，他說：「這裡就要鬧水災了，我得先做好準備！」沒想到大家非但不相信崔員外的話，還笑他一定是年紀大了，就連腦筋也跟著糊塗了。

可是崔員外並沒有理會眾人的嘲笑，仍舊日夜監督

工匠趕工，還吩咐僕人阿丁每天去寶積坊看看石獅子的眼睛有沒有流血。盡忠職守的阿丁每天都跑去看，一天甚至會去看個好幾次，不免引起大家的好奇。

有一天，在寶積坊賣肉的劉屠夫忍不住問阿丁，他為什麼每天都跑來看石獅子？阿丁很老實的答道：「我們員外說，只要石獅子的眼睛流血，大水災就要來了。」

劉屠夫忍不住大笑起來：「這裡每天熱得像蒸籠一樣，怎麼可能會有水災？我看你們崔員外一定是瘋了！」

「我們員外才沒瘋呢！」阿丁很不服氣的說。

「他一定是瘋了，而且，我會證明給你看！」劉屠夫自信滿滿的說。這時，壞心眼的他已經想好要怎麼作弄崔員外了。

當天夜裡，劉屠夫悄悄提了一盆豬血，抹在石獅子的眼睛。等到次日清晨阿丁來到寶積坊，一看到石獅子眼中出現了血，立刻驚惶失措的跑回家報告。崔員外馬上吩咐家人收拾東西，並把牲口、家禽跟日用品都搬到船上。鎮上的人看見崔員外一家子頂著炙熱的太陽登船，都忍不住放聲大笑。

這時天空忽然布滿烏雲，下起傾盆大雨，而且一下就是三天三夜。大量的雨水淹沒了城鎮，沖垮了房子，被淹死的有幾千個人。

包公案

翻騰的河水載著崔員外一家流出了河口。有隻小猴子掉到水裡快淹死了，崔員外趕緊用竹竿把牠救到岸邊。後來，崔員外看到有個鳥巢在水上載浮載沉，眼看著裡面的小鳥就要被沖走了，崔員外連忙用木板把鳥巢撈起來，救了牠們一命。

　　「救命啊！救命啊！」前方傳來一陣急切的呼救聲，原來是一個人掉到河水裡了。崔員外催促阿丁趕快救人。

　　崔員外的妻子勸阻他說：「員外，老和尚那四句話裡不是說『只有人來休顧問，恩成冤債苦監牢』，意思是叫你不要救人，免得以後會有牢獄之災呀！」

　　可是崔員外很不以為然的說：「人命關天，我怎麼能見死不救呢？」說完便與阿丁合力將快要溺死的那個人救上船。

　　「你叫什麼名字？家住在哪裡？」崔員外問道。

　　「我叫劉英，我爹在寶積坊賣肉，大家都叫他劉屠夫。大洪水把我們家沖垮了，我爹娘也不知去向，我已經無家可歸了……」說到這裡，劉英忍不住哽咽起來。

　　崔員外見狀十分不忍，便拍拍劉英說：「你不要傷心了。如果你願意的話，從今天起，你就跟著我們吧！」

　　劉英感激的跪下來連連磕頭：「謝謝員外！謝謝員

外！」

崔員外萬萬沒有想到的是，眼前這個年輕人的父親，竟然就是在石獅子上塗豬血的人；他更沒有料到，後來劉英竟然會恩將仇報，做出差點害死自己兒子崔慶的事來。

轉眼一年過去了。有一天晚上，崔員外夢見菩薩跟他說：「皇后娘娘掉了一顆玉印，至今下落不明。皇上貼出懸賞通告，將重賞找到玉印的人。因為你做了很多善事，所以我是來告訴你，玉印是掉在後宮的八角琉璃井裡，你可以叫兒子去領賞。」

崔員外醒來之後，立刻吩咐兒子崔慶去京城領賞。可是崔夫人擔心崔慶獨自出門會有危險，堅持不肯讓他去。這時站在一旁的劉英自告奮勇說：「我來崔家這麼久，都沒幫上義父義母什麼忙。如果您們願意的話，我可以代義弟跑一趟，再把賞金拿回來給他。」崔員外大大稱讚了劉英一番，又給了他一筆錢，讓他出發前往京城。

劉英離開以後，一連幾個月都沒有消息，就連封報平安的家書也沒有，讓崔員外非常擔心。後來有位從京城來的商人說，劉英因為找到皇后娘娘的玉印有功，已經被皇上招為駙馬爺了。崔員外雖然覺得意外，但還是

吩咐崔慶帶著禮物去向劉英道賀。沒想到劉英一見到崔慶，害怕他會奪去自己駙馬爺的身分，竟然把他捉起來重重打了二十大板，還把他關到地牢裡。

可憐的崔慶被關在牢裡，又沒有東西可吃，小命幾乎不保。但奇怪的是，牢外有隻猴子不時會把食物從窗外丟進來給他吃。崔慶認出牠是父親從水裡救起來的那隻猴子，便放心吃下牠送來的食物。隔了幾天，窗外又飛來幾隻小鳥，不停的對著崔慶啼叫，他認出那幾隻鳥是水災時被父親救起來的，便將手指頭咬破擠出血來，再從衣服上撕下一塊布，在上面寫了幾個字，綁在其中一隻小鳥的腳上說：「小鳥啊，如果你們可憐我的話，就把信帶去給鐵面無私的包大人吧！」

小鳥好像聽得懂他的話，大叫了幾聲，拍拍翅膀，便帶著信飛走了。

黃昏時，包公在院子裡隨意走走，看見牆頭停了隻小鳥，腳上還綁著一封信。他小心翼翼的把信拆下來一看，上面竟然用血寫著：含冤莫辯，崔慶待救。

小鳥怎麼會替人送信？這個崔慶又是誰？他真的

包公案

是被冤枉的嗎？

　　包公連夜調查開封府所有的監獄，終於找到了奄奄一息的崔慶。崔慶氣若游絲的將崔員外救了劉英一命，以及劉英代他領賞、又將他關起來的事，完完整整的說給包公聽。

　　包公非常憤怒的說：「就連動物都知道報恩，劉英卻如此忘恩負義，簡直不配做人！這件事，我一定會查個水落石出！」

　　於是包公派人送信給劉英，說他擺了一桌酒席，請駙馬爺務必賞光。劉英高高興興的前去赴約，沒想到卻發現宴席上只提供水，卻沒有酒，氣得鐵青著臉說：「包大人，你說要請我喝酒，卻只讓我喝水，是什麼意思？你是看不起我嗎？」

　　包公慢條斯理的端起酒杯，笑道：「駙馬爺別生氣。想當年市頭鎮淹大水時，您差點兒就喝了一整條河的水，現在，怎麼連一杯水也喝不下呢？」

　　劉英知道事情被揭穿，卻沒有半點悔意，還惡狠狠的瞪著包公說：「你想怎麼樣？難道，你敢殺了當今朝廷的駙馬爺嗎？」

　　包公大聲喝道：「劉英，善良的崔家人救你一命，你非但不知道報恩，還將崔慶打個半死，簡直是禽獸

不如！就算是皇上出面替你說情，我也不會手下留情！來人啊，把他給我拿下！」

劉英見包公完全無畏於他的身分，決心將案情查個清楚，嚇得手腳發軟，當場便將自己的惡行一一供出，第二天就被包公處死了。皇上知道事情的真相後，不但沒有怪罪包公，反而認為他不畏權勢秉公辦案，大大獎勵了他一番，同時賜給崔慶一大筆銀子，讓他得到應有的報償。

崔員外的好心，終於有了好報，而包公公正無私的名聲，從此也傳遍了各地。

包公案

黃菜葉裡的屍體

　　包公一行人騎馬來到西京巡視，忽然馬兒長嘯一聲後就停在原地，無論怎麼踢牠罵牠，牠都不肯動。

　　包公心想，這馬兒平常不會無緣無故就賴著不走，一定是附近發生了什麼事，便吩咐護衛說：「你們到附近仔細找找看，是否有什麼可疑的地方。」

　　過了一會兒，護衛回來報告說：「啟稟大人，沒什麼不尋常的地方。」

　　「那麼走吧！」包公拍拍馬兒，可是馬兒還是不肯走。

　　「難道是這匹馬兒餓了，想要吃黃菜葉？」一名護衛說。

　　「什麼黃菜葉？」包公問他。

　　「前面有一籃發黃的菜葉被人丟在街角。或許是馬兒聞到了味道，所以不肯離開。」

　　包公聽了心裡為之一震。難道那籃黃菜葉裡有什麼祕密，所以馬兒才不肯離開？於是他下馬走到街角，

把那籃黃菜葉用力掀開，竟
發現裡面藏著一具渾身是血
的男屍，像是被人打死的。

　　包公派人四處查了好久，
始終查不出那名男屍的身分，
也查不出誰是兇手。有名衙役
對包公說：「啟稟大人，聽說這裡的城隍爺非常靈驗。
大人不妨去廟裡拜拜，請城隍爺指點迷津，或許可以
找到線索。」

　　「包大人辦案，為什麼還要去求城隍爺？這實在
是太離譜了。」也有人這麼說。

　　包公沉思了一會兒，說：「如果城隍爺肯幫忙，就
算離譜，為了找出真正的兇手，我也願意去求城隍爺！」

　　天色剛暗下來，包公便帶著兩名護衛來到城隍廟
拜拜。他燃起香，誠心誠意的對城隍爺說：「城隍爺啊，
如果黃菜葉裡的死者是冤死的，那麼請您讓他活過來，
讓我為他洗刷冤屈吧！」

　　忽然一陣風襲來，燈光忽明忽滅，就連向來大膽
的包公也忍不住豎起寒毛，感到一陣涼意。等包公一
行人回到衙門，兩名衙役匆忙跑來，上氣不接下氣的
說：「包大人，黃菜葉裡的屍體活過來了！」

　　包公連忙前去一看，發現無名男屍果然已經活了

過來。他一見到包公就跪倒在他面前，流著眼淚，訴說自己的冤情……

這一切，都要從正月十五元宵節那晚說起。

被人棄屍在黃菜葉裡的男子叫師馬都，他與哥哥師官受都是西京有名的織造匠。元宵節的那天晚上，師官受帶著妻子阿賽去賞花燈，因為人潮擁擠，兩個人不小心走散了。沒想到趙王看到容貌美麗的阿賽形單影隻，硬把她拉回王府做他的小妾。可憐的師官受站在原地等了好久，直到夜都深了，人潮都散了，還是不見阿賽的身影，才一個人落寞的回家。後來他四處打聽阿賽的下落，可是都沒有任何消息。

阿賽在趙王府裡雖有享不盡的榮華富貴，卻成天鬱鬱寡歡，只要一想到丈夫，就忍不住掩面痛哭。她並不是沒想過逃跑，可是她一介弱女子，想離開戒備森嚴的趙王府，哪有那麼容易？

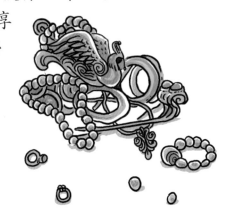

一天，阿賽發現師官受送她的織錦服被老鼠咬破了，傷心得連飯都吃不下。趙王見她為了這件事悶悶不樂，便派人去請最有名的織造匠到王府來替她修補

衣服。沒想到這名織造匠，竟然就是師官受！

師官受在趙王府見到失蹤多時的妻子，兩人忍不住抱頭痛哭。這一哭，自然驚動了趙王。憤怒的趙王當場殺了這對無辜的夫妻，還派了五百名士兵把師家團團包圍，放了把大火燒掉師家。可憐師家老老少少二十幾個人，全都被燒死在裡面。

當時師馬都剛好出門在外，逃過了一劫。可是當天晚上，他夢到師官受血淋淋的站在他面前，說全家人都已經被趙王害死了。他醒來之後覺得家裡一定是出了大事，便急急忙忙啟程返家。

師馬都一進家門，發現家裡被燒得一片焦黑，滿地都是親人的屍骨，不禁哭得死去活來。誰知陰狠的趙王早就派人埋伏在師家附近，他們一看到師馬都回家，便用木棍鐵棒把他活活打死，再把屍體放進裝了黃菜葉的籃子裡，準備丟到河裡去。只是人算不如天算，就在他們搬運屍體的途中，剛好遇到包公到附近巡視，只好匆匆將籃筐丟在街角，拔腿就跑。

包公聽完師馬都的話，大為震怒。他告訴師馬都說：「既然城隍爺幫忙，讓你又活了過來，我一定會把

包公案

這件案子徹查到底，為你們師家洗刷冤屈！」

　　幾天之後，突然傳出「包大人病重」的消息。皇帝聽說包公生病，親自來開封府探視包公，而且還派了御醫來替他診療。可是包公卻婉謝皇帝的好意，說：「微臣知道自己來日不多，只希望在臨死前，皇上能答應我一事。」

　　「什麼事，你說。」

　　「若是我死了，請皇上恩准，讓趙王接替我做開封府府尹。」

　　皇帝覺得很奇怪。因為趙王的名聲向來不太好，可是包公為什麼會希望由他來接替府尹的工作呢？可是包公在病危的時候，竟然還念念不忘這件事，似乎有他的道理，於是皇帝勉強同意了他的要求。

　　不久，開封府傳出包公驟然去世的消息。趙王聽到消息之後，立刻興高采烈的率領一票人馬前往開封府，準備接任新職。沒想到他才一踏進府門，就看到廳堂裡面停了一口棺木。他怒氣沖沖的說：「今天是我新官上任的第一天，為什麼包大人的棺木還在這裡？你們是存心要觸我霉頭嗎？」

　　衙役們你看我、我看你，沒有人回答。趙王見沒人理他，更生氣了。

「你們看什麼看？還不快點把棺木抬開！」

沒想到，還是沒人理他。

趙王氣得滿臉通紅，正要吩咐自己的手下把棺木抬走時，在他身後突然傳來一個熟悉的聲音：「王爺你急什麼呢？」

沒想到隨著聲音走出來的，竟然是包公！原來包公假裝生病、死亡，就是為了要讓趙王俯首認罪！

趙王看到包公站在自己面前，憤怒的說：「包拯，你好大的膽子，竟然敢欺騙皇上！我非叫皇上砍你腦袋不可！」

包公臉色一沉，怒目看著趙王說：「就算皇上要砍掉我的腦袋，我包某人也要冒著生命危險把你捉起來。因為這是為民除害，也是為朝廷除害啊！」

趙王看包公毫無懼色，不免有點緊張，不過態度還是很強硬的說：「你故意裝死，又把我騙來，是什麼用意？」

「師家的滅門血案，是不是你指使手下做的？」

「我是皇帝的親弟弟，怎麼可能是兇手？我一定要向皇上報告此事，說你誣賴本王！」惱羞成怒的趙王說罷準備轉身離去。

「來人啊，把趙王給我拿下！」

包公一聲令下，幾名衙役立刻上前將趙王及隨從

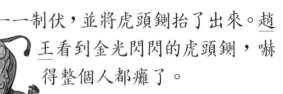

——制伏，並將虎頭鍘抬了出來。趙王看到金光閃閃的虎頭鍘，嚇得整個人都癱了。

「趙王，你身為朝廷重臣，竟然膽大妄為，色膽包天，不僅強迫師官受的妻子阿賽，還派人殺害他們全家，簡直是朝廷之恥！你認不認罪？」

「我什麼都沒做，有什麼好認的？」倨傲的趙王還是不肯承認。

包公使了個眼色，衙役把一名傷痕累累的男子帶上公堂。

「趙王，你知道他是誰嗎？」包公問道。

「他是誰？我又不認識。」趙王說。

「他就是你派人殺死的師馬都啊！」

「什麼？他還活著？這……這怎麼可能？」

趙王看到死而復生的師馬都，嚇得三魂四魄都飛了，立刻俯首認罪。第二天，包公開啟虎頭鍘，處斬了趙王。師官受一家的滅門血案，終於在包公公正廉明的判決下，讓正義得到了伸張。

烏龜報恩

　　這天包公穿著便服、帶著護衛四處巡查，來到了龍王潭這個地方。就在大家正陶醉在美麗的湖光山色時，包公看到許多人擠在潭邊，不停的指著潭水，像是發現了什麼怪事。

　　「前面發生了什麼事？」包公問護衛。

　　「啟稟大人，潭水裡出現一隻很大的烏龜，浮在水上完全不動。這裡的人說，他們從來沒見過這麼大的烏龜呢！」

　　包公對於不尋常的事情向來特別敏感，一聽說潭裡出現前所未見的大龜，便決定親自去看一看。沒想到他才剛走到潭邊，那隻大龜便拚命用四隻腳划水，向包公這裡划過來，而且還睜著圓圓的眼睛直盯著包公，像是有滿腹的委屈。

　　包公覺得這隻大龜看起來很有靈性，不像是普通的烏龜，彎下身來拍拍牠說：「你放心，如果這裡發生了什麼冤案，我一定會查個水落石出！」

想不到大龜聽了之後竟然點點頭，眼中流出一串眼淚，然後又慢慢爬回潭水消失了。

「包大人鐵面無私，為百姓主持公道，就連烏龜都知道向他喊冤啊！」圍觀的民眾沒有人不嘖嘖稱奇。

第二天包公來到了市場附近，無意間聽到有位魚販說，他幾個月前撈到一隻很大的烏龜，被人買去放生了。包公想起龍王潭的那隻大龜，便問魚販說：「不知道向你買龜拿去放生的，是哪一位善心人啊？」

「就是住在東街的那個葛洪嘛！唉，這麼好的人，居然莫名其妙就淹死了。」魚販說完還嘆了一口氣。

「他已經淹死了？」包公很驚訝的說。

「是呀，而且他的屍體被水泡得又爛又腫，根本就不成人形。如果不是他身上的錦囊，恐怕連他老婆都認不出他來。」魚販搖搖頭，很感慨的說。

魚販的話讓包公覺得葛洪的死因似乎並不單純；再加上昨天大龜的突然出現，更讓整件事顯得疑雲重重。於是他決定找葛洪的妻子來問話。

葛洪的妻子孫氏是個單純的鄉下婦人，她見到包公威風凜凜的坐在堂上，緊張的跪在地上，頭也不敢抬起來。

「妳不必緊張，我只是想知道，妳丈夫的屍體是怎麼被發現的？」

「是他的朋友陶興發現的。」

孫氏繼續告訴包公說，陶興是葛洪的同鄉，平日無所事事，遊手好閒，不過葛洪很照顧這個小老弟，常請他到家裡吃飯。兩個月前，葛洪提到有批貨想運到外地賣，陶興主動說想跟去學做生意，葛洪很爽快的答應了，於是兩人高高興興的一起出門了。

可是過了一陣子，陶興卻一個人跑回來說，葛洪在外地遇到幾個朋友，臨時決定去遊山玩水，託他先帶些銀子回來。從此以後，孫氏就再也沒有丈夫的消息了。

「陶興有沒有告訴妳，葛洪是跟哪些朋友去玩?」包公問孫氏。

「他說他不認識那些人。」孫氏回答道。

「他有告訴妳，葛洪要去哪裡嗎?」

「也沒有。」

「陶興是怎麼發現屍體的?」

「他說他是無意間在河口發現一具屍體，見那屍體上有只錦囊，就叫我去認屍。雖然屍體的臉都爛了，

可是我一看到那只錦囊，就知道是我丈夫了。」孫氏一時感傷，忍不住又哭了起來。

孫氏走後，包公陷入了沉思。他覺得孫氏是個純樸的婦人，應該不會說謊。可是葛洪的死實在有點奇怪，只是到底怪在哪裡？他一時也說不上來。

第二天清晨，衙門外傳來一陣喧嘩聲，衙役匆匆忙忙進來報告：「啟稟大人，有隻大龜俯伏在門口，怎麼趕都不肯走！」

包公連忙走出去一看，果然是龍王潭的那隻大龜！大龜一見到包公，開始慢慢往外爬。

「這隻大龜好像要告訴我什麼，我們跟著牠走！」

於是包公帶著幾名手下，一路跟著大龜往前走。不知走了多久，來到一口古井旁邊。大龜回頭看看包公，然後向那口井爬去，「噗通」一聲，跳到井裡去了。

「這口井裡面一定有問題！」包公馬上吩咐手下到井裡查個清楚。果然不出所料，井裡竟然有一具死屍，而且最奇怪的是，屍體浸在井裡應該很久了，卻竟然完全沒有腐爛，容貌依舊栩栩如生！

包公靈機一動，連忙派人把孫氏找來。沒想到孫氏一

包公案

見到屍體，當場撲上去痛哭失聲的喊道：「阿洪，你怎麼會在這裡啊？我不是已經把你埋了嗎？」

「孫氏，妳看清楚了，這可是妳丈夫葛洪？」包公問道。

「是……」

「不會錯？」

孫氏紅著眼點點頭。

包公心想，這屍體在井水中泡了那麼久都沒有腐爛，實在是太古怪了。而且，如果井裡的屍體真的是葛洪的話，那麼在河口溺死的人又是誰呢？他身上為什麼又會掛著葛洪的錦囊呢？

包公回到衙門之後，剛好有名婦人前來喊冤，說自己丈夫的墳墓被人盜挖，屍體卻怎麼找都找不到，只好請包大人幫忙。

「妳丈夫的墳裡是不是埋了很多金銀財寶陪葬？」包公問。

「我們家沒什麼錢，沒有陪葬品。」婦人說。

「既然如此，那就不是一般想貪小便宜的盜墓人了。這是什麼時候發生的事？」

「已經兩、三個月了。」

「兩、三個月？」包公心裡一震。因為算起來，葛洪差不多是在那時失蹤的，而河口的無名屍體也是

包
公
案

在那時被發現的。難道說，有人故意把這名婦人丈夫的屍體挖出來，混充成葛洪的屍體想矇騙大家？如果是這樣的話，那個人到底是誰？他為什麼要這麼做？

包公左思右想，覺得所有的疑點似乎都圍繞在陶興身上，便召他前來問話。

「陶興，你是怎麼在河口發現葛洪屍體的？」包公神情嚴肅的問他。

「小的平日就喜歡四處逛逛，那天剛好走到河口，看見一具男屍被沖到岸上，腰間繫著一只錦囊，看起來很像葛大哥隨身攜帶的錦囊，所以才請大嫂去認屍。」陶興恭敬的答道。

「所以，你也覺得那是葛洪的屍體？」

「是的。」

「那麼你看看，這個人是誰？」

包公派人把葛洪的屍體抬出來。陶興看到死去的葛洪，嚇得整個人癱在地上，嘴裡還喃喃的說：「這……怎麼可能？他應該已經死在井裡了啊！」

包公拿起驚堂木用力一拍，叱喝道：「陶興，你怎麼知道葛洪的屍體是在井裡？除非，就是你把他推進井裡害死的！」

陶興嚇得渾身打顫，知道再也瞞不住了，只好將自己謀殺葛洪的經過說出來。

原來葛洪帶著陶興去做的那筆生意非常成功，賺了很多錢。陶興一時起了貪念，想把錢占為己有，便用繩子把葛洪勒死，再把屍體丟到古井裡。可憐這麼一個善良的好人，竟然死在自己好友的手裡！

陶興為了怕人起疑，故意先回來拿點錢給孫氏，又暗中到郊外把一具剛埋的屍體挖出來，將葛洪的錦囊放在屍體上，再把屍體丟到河裡，然後叫孫氏去認屍。他以為這麼一來，就不會有人發現葛洪的下落，也不會有人懷疑葛洪是他害死的。

誰知道人算不如天算。仁慈忠厚的葛洪因為無意間救了大龜的性命，讓心存感恩的大龜主動向包大人求助，讓公正無私的包公得以偵破這起離奇的命案，也讓貪得無厭的陶興得到法律的制裁。這真是應驗了一句老話：「法網恢恢，疏而不漏」啊！

穿紅衣的女人

鮑順是個很有錢的鹽商，他為人敦厚老實，對朋友又講義氣，大家都很喜歡他。只可惜他的獨生子鮑成很不爭氣，一天到晚打獵遊玩，讓鮑順十分憂心。鮑順的妻子很溺愛兒子，每次鮑順要處罰鮑成，她都會出面阻擋。鮑成有母親當靠山，總是把父親的話當耳邊風，完全不予理會。

有一天，鮑成帶著僕人萬安到郊外打獵，途中看到有個花園的柳樹上停了隻黃鶯。他一時興起，拿起弓箭朝黃鶯射過去，「咻」的一聲，不偏不倚射中了黃鶯，掉在花園裡。

「喂，你爬牆進去，幫我把牠撿回來！」鮑成命令萬安。

「可是公子，這不知是誰家的花園，沒經過人家允許，小的不敢進去。」

「你囉唆什麼？我叫你進去，你就進去！」鮑成很生氣的說。

萬安覺得如此冒冒失失就翻牆進去，似乎不太妥當。可是鮑成堅持要他進去，他也只好無奈的接受了。

　　萬安進去後，看見許多女孩在園裡嬉戲，他怕被人發現，只好一直躲在樹叢後面，直到那些女孩都離開了才跑出來。可是他左找右找，就是找不著那隻黃鶯。鮑成等了半天，卻看到萬安兩手空空的出來，簡直快氣炸了，於是狠狠揍了萬安一頓。萬安雖有滿腹委屈，但想到自己是個下人，也只好認了。

　　後來鮑夫人發現萬安被打得鼻青臉腫，連忙問他發生什麼事。起初萬安什麼都不說，鮑夫人再三追問，他才將事情的經過說出來。鮑夫人怒氣沖沖的把鮑成叫到面前，怒聲罵道：「你這個孩子不愛念書，喜歡到處玩耍也就算了，可是我沒想到，你竟然會如此蠻橫無理，把忠心耿耿的萬安打成這樣，實在是太讓我失望了！從今天開始，我不准你再去打獵！」

　　鮑夫人下令把鮑成打獵用的弓箭全部丟掉，還罰他三個月不准踏出家門。鮑成見平時最疼他的母親為了這點小事大發雷霆，雖然很不甘心，也不敢多說什麼。他覺得自己會被處罰，全都是萬安的錯，於是他暗中發誓，將來一定要找機會報仇！

　　鮑順有個朋友叫江玉，也是做賣鹽的生意。這個

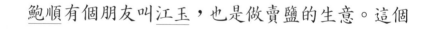

包公案

人很貪心，他看鮑順事業越做越大，竟動起歪腦筋想占他便宜，就對鮑順說：「聽說蘇州那邊有人有一百箱珍貴的織錦，急著想賣掉。我沒有足夠的錢，如果鮑兄願意投資的話，不妨我們各出一半，把所有的織錦都買下來，再高價賣出去，這一轉手，應該會賺很多錢！」

鮑順聽了大為心動，跟江玉約好第二天在江邊會合，再一起出發到蘇州。鮑夫人覺得江玉這個人不太可靠，勸丈夫不要做這筆生意。鮑順卻說：「妳們女人家懂什麼？反正這趟蘇州，我是去定了！」

鮑夫人知道丈夫心意已決，再怎麼勸也沒用，只好默默將行李收拾好，吩咐萬安隨後再把行李挑去江邊給鮑順。

第二天一大清早，天色還灰濛濛的，鮑順來到江邊時，江玉已帶著僕人周富在那裡等他了。江玉見鮑順一個人來，手上還提了個沉甸甸的大包袱，猜想裡面一定都是黃金，便裝出很熱絡的樣子說：「鮑兄，現在江面上霧氣都沒散，我看我們先上船喝兩杯酒，等天色亮一點再出發吧！」

鮑順跟著江玉上了船，一連乾了好幾杯。只是他的酒量不好，喝

了沒幾杯頭就開始暈了。他搖搖手說：「江兄，我真的不能再喝了，再喝的話，我就……」

話還沒說完，江玉忽然從袖子裡拿出一個秤錘，用力往鮑順的頭上一砸，鮑順慘叫一聲，當場就被打死。江玉冷笑一聲，拾起鮑順裝滿金條的包袱，然後命令周富把屍體丟到江裡，悄悄的將船駛離了。

過沒多久，萬安挑著行李氣喘吁吁的趕到江邊。他等了好久，始終沒有等到鮑順，也沒有看見江玉，只好又挑著行李回家。鮑夫人雖然覺得很奇怪，但一時又連絡不上丈夫，只好靜靜守在家裡，等候鮑順的消息。

兩個月在鮑夫人焦急的等待中，很快就過去了。一天，有人跑來告訴鮑夫人說，江玉已經從蘇州回來了。她連忙跑去江家詢問鮑順的下落，江玉裝作很吃驚的說：「鮑兄沒有跟我去啊！那天我在江邊等了好久，他都沒有出現。我以為他改變主意，所以就一個人出

發了。」

這下子可把鮑夫人急壞了，她派人四處打聽是否有人知道鮑順的消息，卻沒有任何結果。

一直想報復萬安的鮑成，這下子可逮到機會了。他故意告訴母親說：「我想，一定是萬安那傢伙把父親的錢搶走，然後把他給害死了！」

「不可能，萬安這個人很老實，他不會做出這種忘恩負義的事。」鮑夫人很肯定的說。

「可是那天除了萬安之外，沒有其他人知道父親會去江邊啊？更何況，他說自己沒等到父親，誰知道是不是騙人的？」

鮑夫人原本不相信兒子的說法，可是鮑成一口咬定父親是萬安殺死的，久而久之，她也漸漸覺得那天萬安的行蹤十分可疑，於是要鮑成上衙門告狀。

衙門的王知縣本來就是個糊裡糊塗的人，他只聽鮑成的一面之詞，就認定萬安謀財害命，殺死了鮑順。最後萬安被屈打成招，只好承認自己殺害了鮑順，被關在大牢裡等著處死。

恰好這年冬天，皇帝命令包公重審天下的死刑犯，避免冤枉了好人。輪到萬安被包公審訊時，他想到失蹤的鮑順至今下落不明，自己又莫名其妙被當成是殺人犯，一時悲從中來，竟忍不住哭了起來。包公問明

包公案

事情經過後，皺著眉頭沉思了好一會兒，心想：「如果萬安貪圖主人的財物，大可拿了錢就一走了之，又何必把行李挑回家呢？」

包公越想越覺得事有蹊蹺，於是吩咐手下李吉說：「你到鮑順江州的家走一趟，說萬安已經被處死，調查一下有什麼線索。」

李吉奉了命令，立刻出發前往江州。

江玉殺了鮑順之後，成為富甲一方的富翁。他聽說萬安已經被處死的消息後，心裡高興得不得了，以為從此可以高枕無憂了。有天晚上，他突然夢到有位陌生的老人對他說：「你偷了鮑順的錢，又把他害死，一定會有報應！不久就會有位穿著紅衣的女子揭露你的祕密，你等著吧！」

江玉驚醒過來，心裡害怕極了，時時都盯著身邊有沒有身穿紅衣服的女人，絲毫不敢大意，深怕自己殺害鮑順的事會被揭穿。

過了幾天，有名身穿紅衣的女子來到江玉的鹽行買鹽。江玉既驚訝又緊張的上前迎接，除了親自奉上茶水，還主動拿了一袋鹽要送給她。

「我又不認識你，你為什麼要送我呢？」紅衣女子問。

江玉想了半天說不出理由，只好說：「剛開市討個吉利，妳就不用跟我客氣了。」

　　紅衣女子高高興興的接過鹽準備離開，想不到正轉身要走出去時，周富剛好走出來倒髒水，竟把水潑在她身上。

　　「唉呀！」紅衣女子大叫一聲。

　　「對不起！對不起！」江玉連忙出來再三向女子道歉，還拿鞭子重重抽了周富，把他趕出家門。

　　周富被毒打一頓，又被逐出江家，心裡越想越不甘心，便跑到鮑家說出鮑順如何被江玉害死的過程。這時恰好李吉來鮑家調查案情，鮑夫人連忙問他：「你知道萬安的案子嗎？」

　　「我知道，不過他已經被處死了。」

　　「可憐的萬安，他是被冤枉的啊！」鮑夫人忍不住哭了出來。

　　「妳怎麼知道他是冤枉的？」李吉問。

　　「因為真正殺死我丈夫的，是江玉啊！……可是一切都來不及了！」

　　李吉這才告訴鮑夫人說，他是奉包大人之命來調查案件的。鮑夫人得知萬安沒有被處死，心裡安慰不

少，並立刻將周富交給李吉，讓他帶回去見包公。

　　包公連夜審問周富，得知事情的真相以後，立刻將江玉捉起來判處死刑。就這樣，鮑順的冤案經過包公的明察暗訪，終於捉到了真兇，洗刷了萬安的冤屈，也讓作惡多端的江玉有了惡報。

　　夢裡老人告訴江玉說紅衣女子會揭穿他祕密的預言，果真應驗了。

瓦盆申冤

　　午後燦爛的陽光灑在熱鬧的市集上。這裡有各式各樣的攤販，有賣蔬菜水果的，有賣衣服布匹的，還有賣鍋碗瓢盆的。趁著天氣暖和，大家都跑來市集湊熱鬧，順便買點東西。

　　獨居的王老頭也來了。他在市集裡繞來繞去，不是嫌價錢太貴，就是嫌東西不好，逛了老半天，什麼也沒買。

　　「王老頭買東西總是挑三揀四的，還真難伺候呢！」攤販們交頭接耳的說。

　　王老頭走到賣瓦盆的攤位，不自覺停下了腳步。他像是著了魔，一眼就看中了一只瓦盆，仔細端詳半天，越看越滿意，便爽快的掏錢付帳，把瓦盆帶回家了。

　　當天三更半夜，王老頭尿急醒了過來，下床時不小心踢到那只瓦盆。他還沒叫出聲，卻聽到一陣呻吟：「唉唷，好痛啊——」

　　王老頭嚇了一跳，趕緊點起油燈一

看，可是屋裡什麼人都沒有。

「今天真是撞鬼了，白天鬼迷心竅的買了個沒用的瓦盆回家，晚上又聽見怪聲音……」

王老頭嘴裡嘟噥著，正要轉身走開，卻聽到瓦盆說：「喂，你不要走啊！」

王老頭大驚失色，嚇得寒毛都豎起來了。他顫抖著問：「你……你是人還是鬼？」

「老先生，你不要怕，我不會害你，我是個冤死的亡靈，希望你能幫幫我，替我報仇！」瓦盆說。

「你到底是誰？」王老頭鼓起勇氣問道。

「我叫李浩，原來是個賣布的商人。幾個月前，我跟朋友多喝了點酒，一個人醉倒在路邊，被兩個叫丁千、丁萬的兄弟把我身上的金子全部搶走，還把我殺了。」

「那麼，你又怎麼會變成瓦盆呢？」

「丁家本來就是做瓦盆的。他們怕被人發現，就把我的屍體燒成灰，再混進泥土裡，拿去燒做成了瓦盆。唉，我可憐的妻子，到現在還不知道自己的丈夫變成了瓦盆呀！」瓦盆說完，竟嚶嚶啜泣起來。

王老頭覺得瓦盆很可憐，就說：「你放心，這件事包在我身上。明天一大早，我就帶你去開封府，請包大人為你主持公道！」

第二天一大早，王老頭便抱著瓦盆趕到開封府，大聲喊道：「冤枉啊！冤枉啊！」

包公聽到外面有人喊冤，吩咐手下帶他進來問話。

「你叫什麼名字？有什麼冤屈？」

「小的叫王發，我沒有什麼冤屈。」

包公露出不悅的神情，但還是繼續問道：「既然你沒有冤屈，為什麼要喊冤呢？」

「不是我有冤屈，是這個瓦盆有冤屈，請包大人明察。」王老頭說罷，便把手上的瓦盆恭恭敬敬的呈上給包公。

「大膽！竟敢公然戲弄包大人！」站在一旁的衙役怒聲斥責，上前捉住王老頭，要把他拉出去。

「慢著！」包公做出阻止衙役的手勢，要他們先退下。他神情嚴肅的看著王老頭，覺得這個老人口口聲聲說瓦盆有冤情，實在很不尋常。

「你說，這瓦盆有什麼冤屈呢？」包公問他。

「包大人，這瓦盆會說話呢！您不妨自己問問它吧！」

包公沉聲連問了瓦盆幾句話，但瓦盆卻安靜無聲。

這時包公再也忍不住了，他拿起驚堂木用力一拍，怒氣沖

包公案

沖喝道：「來人呀，把這胡說八道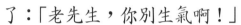
的老頭給我拖出去！」

　　王老頭被包公趕出
來，氣得想把瓦盆砸碎。沒
想到這時瓦盆又開口說話
了：「老先生，你別生氣啊！」

　　「剛才在堂上，你為什麼都不說話？害我被包大
人給轟了出來！」王老頭氣呼呼的說。

　　「不瞞你說，當初我被燒成瓦盆的時候，身上沒
穿任何衣服。我是因為不好意思在包大人面前赤身露
體，所以才沒說話。」

　　「那現在怎麼辦呢？」

　　「麻煩你再帶我去一趟，拿件衣服把盆子遮住，
我就敢答話了。」

　　王老頭心想，剛才要不是包大人手下留情，自己
這條老命早就沒了。如今要他再帶著瓦盆去開封府，
不是自找死路嗎？可是瓦盆一直哭著求他幫忙，他禁
不住對方苦苦哀求，只好答應再去一趟。

　　過了一天，王老頭把一件舊衣服蓋在瓦盆上，又
帶著他去開封府了。包公看見堂下跪著的又是那個瘋
瘋顛顛的老頭子，很生氣的說：「你怎麼又來了？難道

瓦盆申冤

你不怕我懲罰你嗎？」

「包大人您先別生氣。那天瓦盆因為沒有穿衣服，不好意思出來見人。今天小的用衣服蓋住他，他可以出來回話了。」

包公忍不住搖搖頭，心想這老頭子滿口胡言，恐怕是神智不清了。不過這幾年來，包公碰過太多離奇的案件：有人因為死不瞑目，讓烏龜引路帶他找到屍體報仇；也有人奇妙的死而復生，親口說出自己的冤屈。難道眼前的這個瓦盆裡面，也有個冤死的鬼魂？

「好吧，那本官就再給你一次機會！」包公再次對著瓦盆問道：「瓦盆，你有什麼冤情？快說出來吧！」

「大人，小的被兩名歹徒害死，請大人明察！」

瓦盆竟然真的開口說話了！在眾人的訝異聲中，瓦盆將自己被丁家兄弟謀財害命的經過一五一十的說出來。大家雖然看不到他的人，但是聽到他淒厲的聲音訴說自己被害死的事，都忍不住搖頭嘆息。

包公聽完瓦盆的冤屈後，立刻派人將丁千、丁萬捉來審問。

「丁千、丁萬，你們知道自己犯了什麼罪嗎？」包公目光銳利的看著他們。

「草民不知道。請大人明示。」丁家兄弟異口同聲的說。

「你們仔細看看，擺在你們面前的是什麼？」

　　包公命人掀開瓦盆上的衣服。丁千、丁萬一看是他們燒的瓦盆，當場嚇得臉色發白，眼睛也露出害怕的神色。可是不管包公怎麼逼問，他們就是不肯招出自己謀害李浩的實情。包公知道再怎麼問也問不出結果，只好先將兩人關入大牢，準備第二天再審問。

　　當天夜裡，包公反覆思考該如何對付這對陰狠的兄弟。不知過了多久，天色漸漸亮了，他突然靈機一動，想到一個妙計，絕對可以突破這對兄弟的心防，讓他們俯首認罪！

　　第二天包公再度升堂審問。這次，他只傳喚了弟弟丁萬一個人。

　　「丁萬，你哥哥丁千已經認罪了，我看你也招了吧！」

　　「他已經招了？我不信。」

　　「丁千說是你貪圖李浩的錢財，逼他跟你犯下這

起案件。其實他並不贊同你的做法，可是念在你們是兄弟的分上，才會昧著良心，做出這種傷天害理的事……」

「他胡說！明明是他逼我殺死李浩的！這整件事，根本都是他一手策劃的！」憤憤不平的丁萬為了證明自己不是主謀，便將丁千如何說服他謀害李浩的經過，詳詳細細說了出來。

包公派人把丁千也押到公堂上，怒斥道：「丁千，你這個心狠手辣的傢伙，竟然為了一點錢就殺人，還把屍體燒成瓦盆，實在是太殘忍了！剛才丁萬已經全部都招了，你還有什麼話說？」

這時丁萬才知道自己中了包大人的計，但是已經來不及了。

這樁謀財害命的案件，終於真相大白。李浩的冤屈得到洗刷，而他的靈魂也離開了瓦盆，得到了解脫。

五鼠大鬧公堂

自從包公破獲了許多稀奇古怪的案子之後，他的名聲不只在民間廣為流傳，甚至還傳到了天庭，許多神仙精靈都對他十分好奇。住在西天的五隻老鼠精向來喜歡搗蛋作亂，他們聽說包公屢破奇案的故事後，心想：這個包公真的有這麼厲害嗎？難道天底下沒有他辦不了的案子嗎？

鼠精老大提議說：「我們去整整這傢伙，看他有多大的本事，大家覺得怎麼樣？」

其他幾隻老鼠精聽了大哥的建議，紛紛鼓掌叫好。於是他們來到了凡間的一處鄉野，化身為客棧的老闆與僕人，準備在這裡大鬧一番，看看鼎鼎大名的包大人如何解決。

有個叫施俊的秀才為了要趕去京城參加科舉考試，已經趕了好幾天的路。又飢又渴的他在途中經過老鼠精開的客棧時，決定休息一下吃點東西。五隻老

鼠精見施俊一副忠厚老實的模樣，便偷偷在他酒裡吹了一口氣，施俊才喝了一口，就不省人事了。

　　這時年紀最小的鼠精老五趁機化身成施俊的模樣，偷偷跑到施俊家裡，說自己因為身體不舒服，所以臨時決定提前回家。施俊的妻子看到自己丈夫回來，特別準備豐盛的飯菜，卻不知道真正的施俊正昏迷在荒郊野外呢！

　　話說真正的施俊醒了以後，發現自己竟然躺在一片荒煙蔓草中，覺得很不對勁，顧不得還要上京趕考的事，匆匆忙忙趕回家。沒想到一進家門，竟發現妻子跟假扮成自己的鼠精老五開心的喝酒聊天，整個人都愣住了。

　　施俊的妻子看到竟有兩個丈夫，一時也愣住了。鼠精老五看到真施俊回來，故意大聲罵回去說：「你是誰呀？無緣無故跑到我家，又拉著我妻子不放，是什麼意思？」

　　三個人拉拉扯扯吵了半天，始終吵不出一個結果。最後施俊的妻子只好拖著真假施俊一起到王丞相那裡，請王丞相幫忙分辨哪個才是真正的施俊。

　　王丞相看到兩個施俊長得一模一樣，當場也傻住了。他閉上眼睛想了一會兒，問施俊的妻子說：「妳丈夫身上有沒有什麼記號？」

「他右手臂上有一顆很大的黑痣。」施妻說。

王丞相吩咐手下檢查，沒想到兩個施俊的手臂上都有黑痣。這下子可把王丞相給難倒了，只好把兩個施俊先關起來，等第二天再做決定。

這時躲在一旁偷看的鼠精老四發現弟弟有了麻煩，便化身成王丞相的模樣，派人把真施俊拖出來，用力打了他二十大板。真施俊不明不白被狠狠的修理了一頓，痛得大聲喊冤。

過了一會兒，真正的王丞相走進公堂，發現堂上竟然坐著一個跟自己長得一模一樣的人，連忙命令衙役把假丞相捉起來。可是衙役誰也分不出哪個才是真正的丞相，沒有人敢動手。其中有位年紀較長的衙役說：「既然大家都分不出誰才是真正的王丞相，我看，只有請皇上出面了。」

原來當今的皇帝是赤腳大仙下凡，他的眼力一流，所有的妖魔鬼怪在他面前都會現出原形。當真假王丞相被帶到皇上面前時，鼠精老四很怕會被識破，於是暗中對皇帝吹了口氣。皇帝頓時覺得眼前一片模

糊，什麼也看不到，只好先把兩位丞相關起來再說。

　　偷偷來到京城的鼠精老三眼看情況不對，立即化身為皇帝的模樣。文武百官發現朝廷裡不只有兩位丞相，還有兩位皇帝，一時都慌了手腳，不知該如何是好。皇太后連忙安撫大家說：「大家先不要著急。真正的皇上左手掌上有山河紋，右手掌上有社稷紋，如果是妖魔鬼怪的話，手上絕對不會有這些紋路。你們去看看他們的手掌，就能分辨出誰是真的皇上，誰是假的皇上了。」

　　皇太后的建議果然奏效，大家根據真皇帝手上的紋路，立刻找出了假皇帝，並將他關入大牢。鼠精老二得知鼠精老三假扮的皇帝被關進牢裡，立刻搖身一變成了皇太后，下令要人釋放假皇帝，並且將真皇帝捉起來！這下子大家更搞不清楚是怎麼一回事了。就在整個朝廷亂成一團的時候，真的皇帝開口說話了：「現在，只有請開封府的包大人出面解決了。你們快去把他找來吧！」

　　包公接獲聖旨，連夜快馬加鞭趕到了京城。他見到宮裡竟出現了兩個施俊、兩個王丞相、兩個皇帝及兩個皇太后，當下便猜到一定是頑皮的神仙在搞鬼。但他完全不動聲色，只是靜靜的等著看接下來這些神仙會玩什麼把戲。

鼠精老大一連等了好幾天，發現包公沒有任何動靜，實在是技癢難忍，便化身成包公的模樣出現在朝廷裡，還囂張的對大家說：「你們這群笨蛋！現在你們誰分得出來誰是真的包公？誰是假的包公？」說罷，還很得意的盯著包公看。

　　鼠精老大不知道的是，其實包公早就吩咐手下把門窗關緊，不讓任何老鼠精逃跑，然後自己回到房間，躺在事前準備好的陰陽床上，用被子把全身上下包得密不透風。不久之後，奇妙的事情發生了：兩名天兵突然從天而降，帶著包公直往天上飛去——

　　原來，包公是被天兵帶到天庭去參見玉皇大帝了。他向玉皇大帝報告這起真真假假的案子後，玉皇大帝嘆了一口氣說：「唉！又是那五隻老鼠精！這幾個傢伙，一個比一個調皮搗蛋，就連天兵神將都制伏不了他們，一直讓我很頭痛！」

　　包公聽到連玉皇大帝都這麼說，不免有點兒沮喪。不過他很快打起精神，繼續問說：「難道，沒有任何人對付得了他們嗎？」

　　玉皇大帝思索了好一會兒，告訴包公說：「雷音寺有隻玉面貓，現在只有他出面，才能對付那幾隻古靈精怪的鼠精了。不過玉面貓的脾氣有點古怪，不一定會願意幫忙。至於你能不能說動他幫你對付那幾隻鼠

包公案

精，就得靠你自己的本事了。」

　　包公再三謝過玉皇大帝，立刻趕到雷音寺去找玉面貓。正在睡覺的玉面貓被包公吵醒，本來就有點兒不高興，又聽包公說要他去對付五隻老鼠精，更顯得無精打采了。他打了個呵欠，伸伸懶腰說：「唉唷，現在天氣那麼熱，我在這裡睡懶覺睡得正舒服，為什麼要跟你去對付那幾隻沒出息的小老鼠呢？」

　　「現在天下被那幾隻老鼠精搞得大亂，朝廷裡有兩個皇帝與兩個丞相，誰也不服誰，荒廢了政事。再這樣下去，吃虧受苦的不是王公貴族，而是無辜的老百姓啊！」包公很著急的說。

　　玉面貓聽了非常感動，他說：「沒想到凡間還有像你這種以百姓為念的官吏，真是難得呀！好吧，看在你這麼誠心的分上，我就跟你去把那幾隻小老鼠給抓回來吧！」

　　等到包公從陰陽床上醒來，已經是五天以後的事了。他醒來以後，馬上吩咐手下在城外搭起一座高臺，並命令大批士兵守在高臺附近，隨時準備待命，要讓那五隻老鼠精現出原形！

　　京城裡的人聽說包公要捉

五隻老鼠精，紛紛跑來湊熱鬧，把高臺附近擠得水洩不通。真假施俊、真假丞相、真假皇帝、真假皇太后及假包公全部都站在臺下，只有真包公人站在高臺上，神情謹慎而嚴肅。

包公從袖子裡取出一張經文，大聲念了一遍，頓時全身雪白的玉面貓從他的袖子裡跳出來。玉面貓的鼻子往臺下嗅了嗅，兩隻眼睛發射出明亮的金光，飛也似的跳下高臺，一口咬住假皇帝。幾隻假扮成其他人的老鼠精看到玉面貓的厲害，立刻嚇得四處竄逃。

只是這些老鼠精就算再囂張，也完全不是玉面貓的對手。玉面貓伸出兩隻後腳，絆住了正要逃跑的假皇太后與假包公，兩隻前腳捉住了假丞相與假施俊，一口氣將五隻老鼠精一網打盡。這時天上出現了一道耀眼的金光，只見玉面貓嘴裡叼著一隻、四隻腳各捉著一隻老鼠精，乘著金光慢慢的飛升上天，最後在雲層中消失了。

五隻老鼠精回到天庭後，被玉皇大帝重重的處罰了一頓，命令他們不得再回到凡間作亂。從此以後，受到教訓的五隻老鼠精再也不敢胡作非為，任意捉弄別人了。

包公案

貍貓換太子

陳州發生了嚴重的饑荒。包公奉皇上之命到陳州救災，順便查訪當地是否發生什麼不公義的事，好替老百姓討回公道。

這天包公正要出門去探視災民，才走到門口，忽然出現一位面黃肌瘦、衣衫襤褸的瞎眼老太太擋住他的去路。

「請包大人留步！」老太太神情嚴肅的大聲說道。

包公心想，平常人看到朝廷官員總是敬畏有加，可是這位老太太竟然敢當眾叫住他，實在太不尋常了。於是他停下腳步問道：「老太太，妳是誰？找我有什麼事？」

老太太雖然眼睛看不到，但仍瞪大了眼睛說：「你如果知道我是誰，就不敢這麼問了！」

包公一時愣住了。他想，這位老太太是不是餓得發慌，一時腦筋糊塗才會這麼不客氣呢？不過他還是耐住性子，語氣溫和的說：「老太太，妳是不是發生了

什麼事？還是有什麼委屈？如果有的話，請妳告訴我，我一定會想辦法幫妳！」

老太太聽到包公這麼說，情緒變得十分激動，當場哭倒在地。包公連忙攙起老太太，扶她進屋裡休息。老太太情緒穩定下來後，緩緩說出了一個已經隱瞞了二十年的大祕密。

原來這位老太太姓李，是先帝的妃子。她進宮不久後就懷了身孕，因此皇帝非常高興，對她十分寵愛。那時劉皇后也懷了孕，可是她看到皇帝對李妃特別照顧，卻冷落了自己，心裡很不是滋味。後宮的總管郭槐本來就是個善於諂媚逢迎的小人，他見到劉皇后整天都悶悶不樂，便說：「娘娘，您為了李妃整天心情不好，吃也吃不下，睡也睡不著，再這樣下去，您的身體跟肚子裡的胎兒會受不了啊！」

「唉，我怎麼能不擔心呢？萬一我的肚皮不爭氣，生下的是個女兒，而李妃卻生下小太子的話，我看我這皇后的位子，恐怕也保不住了。」劉皇后說完後，忍不住嘆了一口氣。

「娘娘，如果您信得過我，我倒是有個辦法。」郭槐說。

「什麼辦法？」劉皇后問道。

郭槐看看四周，確定沒有其他人在，小聲的對劉皇后說：「如果娘娘生下的是女孩，而李妃是男孩的話，我可以把這兩個嬰兒掉包！」

「掉包？萬一被人發現了怎麼辦？」劉皇后很緊張的說。

「您不用擔心，這件事交給我來辦，保證不會有人發現。」郭槐胸有成竹的說。

劉皇后雖然覺得這麼做不太好，但禁不住郭槐的再三慫恿，最後還是點頭答應了。

幾個月之後，李妃臨盆生下了一位小太子，而恰巧在同一天，劉皇后也生下一名女嬰，但出生沒多久就夭折了。沒想到詭計多端的郭槐早就買通了接生婆，等李妃一生下小太子，就偷偷把他送到劉皇后那裡，然後郭槐把一隻剝了皮的狸貓交給接生婆，要她說是李妃生的。接生婆在為李妃接生完後，故意裝作很驚慌的樣子，跑出來大聲叫道：「唉呀不得了了，不得了了，李妃生了一個妖怪啊！」

起初皇帝聽到了這個消息並不相信，可是劉皇后卻故意挑撥說：「李妃為了想生下小太子，時常在後宮偷

包公案

偷作法念咒。天知道她拜的是什麼狐仙野鬼，才會生出那麼可怕的妖怪來。如果讓這種女人留在宮裡，一定會搞得雞犬不寧，家破人亡！」

皇帝本來還有些半信半疑，可是等他親眼見到那隻剝了皮的狸貓恐怖的模樣，心裡不禁打了個寒顫。

「我問妳，這個妖怪，真的是李妃生的？」皇帝問道。

「是的。」接生婆說。

皇帝於是下令把李妃逐出宮，終生不得回來。可憐的李妃因為傷心過度，每天不停的哭泣，把眼睛都哭瞎了。

包公聽了大為震驚，繼續問李妃說：「那麼您的意思是，當今聖上……」

「他就是我被劉皇后換走的兒子啊！」李妃說著，又忍不住嗚嗚哭了起來。

包大人立刻跪下來說：「娘娘，這些年來，您一定吃了不少苦！不過您放心，下官一定會盡全力，替娘娘討回公道！」

包公回到京城之後，立刻向皇帝報告到陳州救災的情形，並將李妃的事一五一十的說出來。

「包拯，你滿口胡言亂語，我應該要治你的罪。不過看在你救助災民有功的分上，不跟你計較。」皇帝很不高興的說道。

「皇上如果不相信我的話，可以把後宮總管郭槐找來問一問，就知道微臣說的是不是實情了！」包公說。

皇帝簡直快氣炸了，他怒斥道：「包拯，這次你真的是太過分了！來人呀，把他拖出去斬了！」

王丞相眼看情況不對，趕緊出面勸阻說：「啟稟皇上，包大人向來說話率直，是個正直無私的人。他會這麼說，我想一定有他的道理。皇上不如先找郭槐來問個明白，再決定是否要處死包大人吧！」

皇帝覺得王丞相的話也有道理，便說：「好吧，我倒是要親自問問郭槐，這到底是怎麼回事！」

郭槐進宮之後，皇帝立刻詢問他有關李妃的事。郭槐雖然矢口否認有這回事，可是卻一直焦躁不安的扭動著身體，眼神也十分閃爍。皇帝覺得他十分可疑，但沒有任何證據證明他有罪，只好先把他關進牢裡。

「看來郭槐確實是有事瞞著我。只是他不肯承認，我也拿他沒辦法。」皇帝有些苦惱的說。

「啟稟皇上，下官有辦法，可以讓郭槐說實話。」包公說。

「真的嗎？好，這件事，就交給你去辦！」

郭槐已經被關在牢裡三天三夜了。這三天來，不論獄卒怎麼罵他、打他、用火燙他、用水潑他，他還是咬著牙，死都不肯承認。因為他知道自己犯的是欺君大罪，如果承認的話，肯定只有死路一條，因此說什麼都不肯招認。

　　一天的半夜時分，郭槐在半夢半醒之間，覺得漆黑的牢房裡好像有人在盯著他看，便爬起來想看清楚。這一看可不得了了，原來在牢房的角落裡，竟然站著一個陰森森、滿臉都是鬍子的壯漢。而且最可怕的是，這名壯漢的臉是綠的，眼睛是紅的，甚至嘴裡還吐出一條長到胸前的舌頭！

　　郭槐嚇得寒毛直豎，正想要開口叫人，不料綠臉壯漢竟對他說：「郭槐，二十年前你與劉皇后陷害李妃，讓她吃盡了苦頭，你認不認罪？」

　　郭槐嚇得毛骨悚然，心想：難道眼前這個人，就是傳說中的閻羅王嗎？他顫抖的說：「我……我什麼都沒做啊！」

　　「劉皇后已經都招了。她說換太子的事都是你一手策劃的。如果你願意說實話，我可以饒你不死，讓你再回陽間多活二十年！」

　　郭槐一聽自己還有活命的機會，立刻將當年如何

買通接生婆將太子掉包，以及如何陷害李妃的事全部說了出來。話才說完，郭槐忽然覺得眼前一亮，十多名衙役拿著火把從外面走了進來。郭槐還搞不清楚發生了什麼事，只見綠臉壯漢緩緩的摘下臉上的面具——竟然是包公假扮的！

「郭槐！現在你還有什麼話好說？」包公大喝道。

郭槐發現自己中了包公的圈套，心裡十分懊惱。最後，他被皇帝處死了。

真相大白之後，皇帝特地挑了一個黃道吉日，正式冊封親生母親李妃為皇太后。至於心狠手辣的劉皇后，皇上念在她對自己有養育之情，特別開恩免她一死，但仍將她逐出皇宮。多年前劉皇后陷害李妃，害得李妃流落民間，受盡了折磨，如今實在是罪有應得！

包公案

畫軸裡的祕密

　　倪守謙是很有錢的大富翁，他有個兒子名叫善繼。善繼母親死了之後，他又再娶妻生子，為次子取名叫做善述。善繼跟善述的年紀差了一大截，本來就不怎麼親近；再加上善繼覺得父親比較疼愛弟弟，所以時常想要欺負善述，將來好一個人獨吞父親的遺產。

　　倪守謙看到善繼處心積慮想傷害自己的弟弟，既傷心又擔心。他很擔心自己死了以後，善繼會欺負善述跟他的母親，於是便對善繼說：「你是我們倪家的長子，也比較懂事。我想了很久，決定把家裡所有的土地跟錢通通交給你管理。等善述長大以後，你只要分給他幾畝田，再把右邊那間小屋送給他，讓他們母子倆不會挨餓受凍就好了。」

　　善繼聽說父親決定把財產全都留給他，心裡高興極了，從此打消了欺負弟弟的念頭。善述的母親知道丈夫的決定，抱著小善述哭著說：「你把所有的財產都留給善繼，以後我跟善述要靠什麼過日子啊？」

倪守謙拍拍妻子，安慰她說：「妳放心，一切我都安排好了。」然後拿出一幅畫交給妻子說：「萬一我死了以後，善繼沒有按照我的意思把田地跟屋子分給善述的話，妳叫善述拿著這幅畫去找位公正廉明的官吏，他一定會讓善述得到應有的財產。」

善述的母親雖然不太懂丈夫的意思，但還是順從的把畫收下來，並且心裡暗暗祈禱，希望以後善繼不會虧待他們母子。

過了幾個月，倪守謙突然得了一場怪病，很快就去世了。善繼替父親辦完喪事後，竟然狠心將善述母子趕出大宅，要他們搬去跟僕人一起吃住，還要善述的母親幫忙洗衣煮飯，把她當作僕人一般使喚。善述的母親為了生活，只好把所有的眼淚往肚子裡吞；她只希望善述能夠快點長大，好分到應有的財產，從此他們母子就再也不必看善繼的臉色過日子了。

時間過得很快，轉眼間，善述已經十八歲了。他開口向哥哥要屬於他的田地與房子。沒想到善繼非但不願意給他，還惡狠狠的對他說：「你是二娘生的孩子，哪有資格分我們倪家的財產？」

善述的母親得知善繼不願將田產分給善述，於是拿出當年丈夫交給她的畫，對善述說：「聽說開封府包大人，是個清廉正直的好官。你拿著這幅畫，去請包

包公案

大人為我們主持公道吧！」

　　善述帶著畫到了開封府，將整件事情的來龍去脈說給包公聽。包公打開畫一看，裡面是倪守謙的畫像，畫中的他端端正正的坐著，一隻手指著地上。包公覺得畫裡似乎隱藏了什麼祕密，但一時之間也看不出來，便要善述先回家，自己把那幅畫帶回家去仔細研究。

　　那天晚上，包公在書房裡仔仔細細的檢查畫像的每個部分，從倪守謙的頭、手、身體一路看下來，還是沒有發現任何異樣的地方。天色已經漸漸亮了，包公無意間把眼光停在畫中倪守謙指著地的那隻手時，突然靈機一動：「難道這隻手指的不是地下，而是下面的──畫軸？」

　　他興奮的拆開畫軸一看，裡面果然藏著一張字條！上面寫著：「長子善繼自小貪心，又喜歡欺負次子善述。我怕他為了獨吞家產而傷害善述，所以把所有的土地跟錢都留給他，只留下家裡右邊那棟破舊的小屋給善述。其實在那棟屋子右邊的角落裡，我埋了五千兩銀子要留給善述。若有廉明的好官看到這張字條，請您替善述討回公道，在下感恩不盡！」最後還簽上了「倪

守謙」三個字。

　　第二天包公把善述叫來，對他說：「我必須親自到你們家一趟，才能替你們重新分配家產。你先回家去準備準備，我隨後就到。」

　　善述走了之後，包公坐上轎子，在左右隨從的保護下來到倪家。左鄰右舍聽說鼎鼎大名的包大人來了，全部都跑來看熱鬧，把倪家門口擠得水洩不通。

　　善繼聽僕人通報說包公來了，連忙上前迎接。可是包公下了轎子，像是沒看到站在一旁的善繼，對著前方的空氣拱拱手，說：「您先請！」到了大廳，他又像是跟自己講話似的說：「您請坐！」

　　圍觀的人覺得很奇怪，紛紛交頭接耳：「包大人在跟誰說話啊？」「包大人是不是生病了？」「難道他是見到鬼了嗎？」

　　包公進到屋子坐下來後，對著旁邊的空椅子說：「兩位公子要分家產，到底是怎麼回事啊？」他眼睛直視著空椅子，一副全神貫注的模樣，像是正在聽某個人說話，而且還不斷的點頭。過了一會兒，包公又自言自語說：「所以倪老先生的意思是，右邊那棟舊房子是要給小兒子……房子裡的東西也都給他？好，我知道了。」

　　「原來，包大人是在跟已經死去的倪老先生說話

包公案

70

啊！」大家看了都目瞪口呆，尤其是<u>善繼</u>更是嚇得臉色發白，一句話也說不出來。

<u>包公</u>站起來走到<u>善繼</u>面前說：「<u>倪</u>大公子，剛才你父親親口告訴我，當初他同意把所有的遺產都留給你，但你得把右邊的那棟老房子分給你弟弟，有這回事嗎？」

<u>善繼</u>露出惶恐的神情，語氣顫抖的說：「是……」

「既然如此，那麼你願意把那棟老房子送給<u>善述</u>嗎？」<u>包公</u>繼續問道。

<u>善繼</u>疑惑的看著<u>包公</u>，不知道他是怎麼知道這件事的。不過他一方面很害怕，一方面也覺得那棟破房子值不了多少錢，便很爽快的答應了。

<u>包公</u>對<u>善述</u>說：「既然你哥哥已經同意了，那麼我們就去看看那棟房子吧！」

<u>包公</u>領著一群人來到那棟廢棄已久的破房子，只見房子到處結滿了蜘蛛網，地上又堆滿雜物，聞起來還有股濃濃的霉味，簡直跟鬼屋沒什麼兩樣。這時<u>包公</u>又問<u>善繼</u>說：「<u>善繼</u>，你真的願意把這間房子送給<u>善述</u>嗎？」

「是。」<u>善繼</u>毫不猶豫的說。

「房子裡面的東西，也都是他的嗎？」

「是！」

「絕不後悔？」

「不後悔！」

「好！」包公立刻吩咐隨從拿著鐵鍬及鋤頭，在屋子右邊的角落往下挖，居然挖出五個大罈子，裡面滿滿都是銀子，算一算一共有五千兩！

善繼看到破屋子裡有那麼多錢，驚訝得兩眼發直，嘴裡還喃喃的說：「這怎麼可能？這怎麼可能？」

又驚又喜的善述母子跪在包公面前，拚命的磕頭謝恩。包公攙起他們說：「不用謝我。要謝，就謝謝死去的倪老先生吧！因為只有像他這麼聰明的人，才會想到用這個方法幫你們母子啊！」

善述母子為了報答包大人替他們討回公道，決定拿出一千兩銀子送給他。向來清正廉明的包公，怎麼可能收下這筆錢呢？他說：「這筆錢，我無論如何是不會收的。若是你們真的有心，就把這筆錢捐出來，去幫助貧苦的老百姓吧！」

後來善述利用父親留給他的錢，在地方上做了很多善事，大家感念他的慷慨，都稱他為「倪大善人」。至於善繼在這件事之後，街坊鄰居知道他不只霸占倪家的家產，而且對自己親弟弟如此無情無義，沒有人願意跟他交往，一個人孤零零的度過了下半生。

鯉魚精

「啟稟大人，金丞相有事求見。」侍衛向包公報告。

「喔？金丞相不是已經退休了嗎？怎麼會突然來找我呢？」包公說罷，連忙起身出去迎接。

只見金丞相一臉焦急的走進來，旁邊還跟著兩位年輕貌美的女子。包公仔細一看，發現眼前的兩名女子竟然長得一模一樣！

「包大人，這兩名女子之中有一個是我女兒，另一個不知道是什麼妖魔鬼怪變的。她們兩個實在是長得太像了，就連我也分不出來。還請包大人務必幫我查清楚！」

包公面容嚴肅的仔細端詳這兩名女子，的確分不出哪個是真的，哪個是假的。他想了一會兒，吩咐手下抬出一面大鏡子，對金丞相說：「這是我珍藏多年的照妖鏡，任何妖怪若是被鏡子照到的話，馬上就會現出原形

……」

只是包公話還沒說完，忽然公堂中央冒出一股濃濃的黑煙，瀰漫著整個房間。等黑煙漸漸散去時，大家才發現兩名金小姐都不見了！

金丞相急著大喊：「我女兒呢？她跑去哪兒了？」

「金大人，您先別著急，」包公連忙安撫他，「看來，您的女兒是被妖怪帶走了。不過，可否請大人先告訴我，這妖怪是什麼時候出現的？」

金丞相一時情緒激動，幾乎快站不住了。包公連忙上前扶他坐下，等他回過神來，才老淚縱橫的將事情經過說給包公聽。

金小姐是金丞相的獨生女，長得非常美麗，個性又很溫柔，金丞相非常疼愛她，還特地為愛花的女兒在後院種滿了五顏六色的奇花異草，讓她有空就可以去後院賞花。

大約在三個月前，金小姐莫名其妙的病倒了。愛女心切的金丞相找來許多名醫，可是沒有人知道她得的是什麼怪病。眼見愛女一天天的消瘦，金丞相心裡著急得不得了，可是卻束手無策。

「老爺，奴婢猜想，小姐的病，或許跟花園裡的花兒有關。」有位丫鬟說。

「花園裡的花害小姐生病？這真是太離譜了！」金丞相露出很不以為然的表情。

「老爺，前陣子小姐最愛的牡丹不是突然死了嗎？那天小姐哭得好傷心，後來就昏了過去。奴婢記得就是從那天開始，小姐的身體就變得越來越差了。」

「是這樣嗎？既然如此，那妳為什麼不早說呢？」金丞相用責備的口吻說。

「小姐昏倒那天，教少爺讀書的劉先生突然說要回老家，少爺發了好大一頓脾氣，整個府裡亂成一團。我一會兒得照顧生病的小姐，一會兒又得去伺候小少爺，一忙，就把這事給忘了，還請老爺原諒。」丫鬟口中的劉先生，是那時負責教金丞相兒子念書的老師劉真。

「唉，事情過了就算了。」金丞相擺擺手，用手勢表示他不想再提這件事。後來他想了一會兒又說：「如果小姐是因為看不到牡丹花生病的話，我現在就叫人去買！」

「可是，現在不是牡丹開花的季節。」丫鬟說道。

「我派人去揚州找找看，說不定還可以找得到。」說罷，便吩咐僕人李安立刻動身前往揚

州去找花。

李安到了揚州四處打聽，終於聽說東門有戶人家的院子裡有盛開的牡丹，二話不說連忙趕過去。沒想到那家的主人，竟然是劉真！

劉真一打開門，看到站在門口的是李安，也驚訝得不得了。「李安？你怎麼會來這裡？」

「我們家小姐看不到心愛的牡丹花，傷心的都生病了。所以老爺派我來這裡找花。」李安說。

「你們家小姐生病？這怎麼可能！」劉真一臉詫異的說。

「是真的啦，小姐已經病好久了。老爺很擔心，所以才……」

李安話還沒說完，只見一位美若天仙的女子從門外走進來。他定睛一看，整個人都呆住了——站在那兒的，不就是金家的小姐嗎？

「小姐？妳……妳怎麼會在這兒呢？」

包公案

劉真紅著臉，很不好意思的說：「你們家小姐已經跟我成親好幾個月了。我怕金丞相不肯原諒我們，所以一直不敢帶她回去。」

「可是我出門的時候，小姐明明就在家啊？」

李安一臉狐疑的看著劉真的妻子，只見她不論是身高、臉型、模樣與裝扮，都跟金小姐一模一樣。於

是他花也沒來得及拿，便急急忙忙趕回金家，向金丞相報告這件事。

金丞相聽了李安的話，心想這件事可能與女兒的病情有關，決定親自跑一趟揚州見見劉真的妻子。等他親眼見到劉真的妻子，發現她真的跟自己女兒長得完全一樣，驚訝得幾乎說不出話來。

「這個女人一定是妖怪變的！我女兒會生病，肯定跟她脫不了關係！」

憤怒的金丞相不顧劉真的苦苦阻撓，當場命令李安強行押走劉真的妻子，然後帶著女兒跑去找包公想查明事情的真相。沒想到那個妖怪竟然在眾人面前，像一陣煙似的就消失了，而且還把他最心愛的女兒給帶走了！

包公聽完金丞相的話後，先派人送金丞相回家休息，自己坐在書房裡苦思了好久。

「看來這個妖怪很不好對付。可是他到底是何方神聖？又把金小姐藏到哪裡去了呢？」

那天晚上，包公做了個很奇怪的夢。夢裡觀音菩薩跟他說，捉走金小姐的妖怪是條千年鯉魚精，住在金丞相家附近的碧油潭。他時常變成美麗的女子，跑到人間到處玩耍。幾個月前，他化身成女人的模樣跑出來玩，一直玩到天色快亮了還不想回去，便暫時跑

到金府的後花園，跳進園裡的池水中。

在後花園成千上萬朵的花兒中，金小姐最喜歡的是一朵嬌豔欲滴的紅色牡丹。鯉魚精看到金小姐時常到花園裡來看那朵花，就拼命對著花吐出妖氣，讓它一天比一天美麗，吸引金小姐天天都來賞花，然後鯉魚精便趁著這個機會，偷偷吸取金小姐的血氣。過了一段時間，鯉魚精已經可以化身為金小姐的模樣，在金府四處走來走去，就連暗戀金小姐很久的劉真，也沒發現他的真面目。

話說劉真到金府教小少爺念書，已經有好一段日子了。他第一次看到金小姐時就非常喜歡她，只是他覺得自己是個窮書生，根本就配不上金家的千金，所以始終把這份感情藏在心底。鯉魚精得知劉真很喜歡金小姐，便主動的勾引劉真，還慫恿劉真帶他回揚州老家。

「劉真帶著鯉魚精私奔離開金家以後，花園裡的牡丹也跟著枯死了。金小姐看見心愛的花朵日漸枯萎，心情大受打擊，所以才會生病。」觀音菩薩對包公說。

「原來是這麼回事！」包公這才恍然大悟。不過他想了想，又問觀音菩薩說：「現在那隻鯉魚精在哪裡？我該去哪裡找他呢？」

「明天會有位漁夫拿一只魚籃給你，裡面裝的就是那條鯉魚精。不過你要記住，千萬不要把他殺掉，只要把他放回碧油潭裡，金小姐就會出現了。」

「謝謝菩薩指點！」包公恭恭敬敬的向觀音菩薩作了一個揖。等他一抬頭，觀音菩薩已經消失不見了。

包公從夢中醒來，心中納悶極了。「這究竟是一場夢，還是菩薩顯靈呢？」

第二天一早，衙役通報說門外有位漁夫求見。包公聽到是位漁夫，臉上閃過驚喜的表情，立刻召他進來。

「啟稟大人，早上我在池塘邊遇到一位老太太，她說她打算送給包大人的鯉魚掉進池子裡，要我幫她把魚撈起來。可是等我把那條魚撈上來，那位老太太卻不見了。所以我只好自己把魚送來給包大人。」

漁夫說完打開手上的竹籃，裡面果然有條金色的大鯉魚，正奮力掙扎著想要跳出籃子。

「那位老太太一定就是觀音菩薩！」包公暗自想

著。他賞了些錢給那位漁夫，急忙帶著金鯉魚趕往<u>碧油潭</u>，把金鯉魚倒入潭水之中。

潭面突然刮起一陣強風，強到大家幾乎都快站不住時，潭水正中央卻出現了一個大洞，而<u>金</u>小姐竟然就在那個洞裡面！

<u>包公</u>趕緊叫人把<u>金</u>小姐救出來，將她送回<u>金</u>府。<u>金</u>丞相見到心愛的女兒回家，心裡自然是高興極了，並決定將她許配給<u>劉真</u>。從此<u>劉真</u>發憤讀書，後來不只功成名就，婚姻也十分幸福美滿。

<u>劉真</u>的痴心與真情，終於讓他抱得了真正的美人歸；而<u>包公</u>在<u>觀音菩薩</u>的協助下，不僅破獲了一椿奇案，也撮合了一段姻緣。

鼻子裡的鐵釘

　　包公帶著隨從來到城隍廟拜拜，感謝上次城隍爺協助他破獲黃菜葉屍體的案子。他燒完香走出來，經過白塔巷時，聽到有個女人聲嘶力竭的大聲哭喊道：「二爺啊，你怎麼可以丟下我一個人？你死了以後，我怎麼活下去啊——」

　　包公覺得這哭聲沒有任何哀傷的感覺，實在是太奇怪了，便派隨從去查個清楚。隨從回來報告說：「附近的鄰居說，是巷口劉二的妻子阿英在哭。因為劉二前幾天死了。」

　　包公挑挑眉毛，沉思了一會兒——他覺得從阿英的哭聲裡，聽不出任何悲傷的情緒，甚至還有一點高興的感覺。他越想越覺得事情一定不單純，決定第二天傳阿英到公堂來問個明白。

　　阿英是個二十多歲的婦人，她顧盼生姿的走進了公堂。包公問她：「妳就是阿英嗎？」

　　「是。」

「我昨天經過白塔巷時聽到妳一直在哭，是為什麼呢？」

「我丈夫劉二前幾天突然得了急病去世。我想到自己既沒有丈夫，又沒有孩子，生活無依無靠，不知道該怎麼過下去，就忍不住哭了。」

「妳丈夫得的是什麼病？」

「不知道，大夫也查不出來是什麼病。」

包公一面聽阿英說話，一面觀察她的神情與裝扮。只見阿英伶牙俐齒，完全沒有一般人見到包公時怯生生的模樣，可見這個女人一定不簡單。而且包公還發現，雖然阿英的身上穿著孝服，可是她在臉上卻薄薄撲了一層粉。

照理說丈夫剛死的女人，傷心都來不及了，哪裡會有心思打扮？包公看著眼前打扮妖嬌的阿英，覺得劉二的死因恐怕另有隱情，便吩咐負責驗屍的陳尚去開棺驗屍。

過了一個時辰，陳尚回來報告說：「劉二身上沒有明顯的傷痕，應該是生病死的。」

包公兩手撐在桌上，拿起驚堂木一拍，生氣的說：「劉二一定是被人害死的！你沒有仔細檢查屍體，就說他是生病死的，顯然是有意隱瞞！限你三天之內，把劉二的死因給我查清楚！」

陳尚回家以後，為了這件事一直悶悶不樂。陳尚的妻子阿楊看丈夫愁眉不展，問道：「發生了什麼事？讓你這麼煩心？」

陳尚把包公要他查劉二死因的事告訴了阿楊。阿楊問他說：「你有沒有查過屍體的鼻子？」

「為什麼要去查屍體的鼻子？」陳尚問道。

「我聽人家說過，如果把鐵釘插進一個人的鼻子裡，他馬上就會死，而且身上不會有任何傷痕。」阿楊說。

陳尚聽了還有些半信半疑，不過他覺得既然自己想不出更好的方法，也只有姑且一試了。

第二天，陳尚再次開棺查驗劉二的屍體，並按照阿楊的建議檢查屍體的鼻子，沒想到真的在劉二的鼻子裡面發現了兩根鐵釘！陳尚拿著釘子趕去向包公報告，包公一臉嚴肅的喝道：「來人啊，把阿英帶上來！」

阿英到了公堂，包公再次問她劉二是怎麼死的，可是阿英始終堅持說他是病死的。包公拿

出兩根鐵釘，目光銳利的看著她說：「如果劉二是病死的，那麼這兩根鐵釘為什麼會出現在他鼻子裡面？難道是他自己釘進去的嗎？」

阿英大吃一驚，整個人跌坐在地上，不停的發抖。她以為自己神不知鬼不覺的把丈夫害死，沒想到包大人竟然知道她的計謀！

經過包公再三逼問，阿英才坦承自己在外面亂來，擔心會被丈夫發現，於是用酒把劉二灌醉以後，再用釘子插進劉二的鼻子裡把他害死。她自以為做得天衣無縫，沒想到最後還是被包公給識破了。

案情終於大白，阿英被處以死刑。不過事後包公越想越不對勁：本來陳尚不是都查不出劉二的死因嗎？為什麼他會突然去檢查劉二屍體的鼻子呢？難道是有高人指點？於是包公把陳尚找來問道：「你是怎麼想到要去檢查劉二的鼻子？是不是有人教你這麼做？」

陳尚本來就是個老實人，他一聽包大人這麼問，便毫不隱瞞的說：「那天大人限我三天內要查出劉二的死因，我苦惱得不得了，不知道該怎麼辦。我妻子阿楊看我這麼著急，便出了個主意，要我檢查看看屍體的鼻子。我照她的話做，果然在劉二的鼻子裡找到兩根鐵釘。」

包公眼神閃過一道銳利的光芒，不過還是和顏悅

色的對陳尚說：「這麼說起來，這件案子可以偵破，你妻子的功勞可不小。你請她來這裡一趟，我要當面好好謝謝她。」

過沒多久，陳尚就帶著阿楊來了。包公賞給她五貫錢與一瓶酒，再三謝謝她幫忙查案，阿楊高興得不得了，連連向包公道謝。待她轉身準備離開時，卻被包公叫住：「阿楊，陳尚是妳的丈夫嗎？」

阿楊心想，包公會這麼問她還真是奇怪，不過她還是恭恭敬敬的回答說：「是。」

「妳在嫁給陳尚之前，成過親嗎？」包公繼續問她。

阿楊愣了一下，回答說：「我前夫很早以前就病死了。我是後來才改嫁給陳尚的。」

包公又問她：「妳前夫叫什麼名字？他是生什麼病死的？埋在哪裡？」

包公不停的追問有關她前夫的事，讓阿楊的臉色顯得有些緊張，不過她還是很鎮定的說：「他叫梅小久，當年不知染上了什麼怪病，沒多久之後就死了。那時我因為沒錢，只好把他埋在南門外的一處山丘。」

「這麼說來，妳前夫跟劉二一樣，都是死得不明不白了？」

阿楊聽了立刻露出狡猾的神色說：「大人，你說我前夫死得不明不白，是什麼意思？我怎麼都聽不懂！」

包公冷冷的說：「妳是真不懂，還是裝不懂啊？來人啊，帶她去梅小久的墳地驗屍！」

包公帶著一行人來到了南門外。只是那兒四處都是無主的墳墓，若是沒有人帶路的話，根本就認不出是誰的墳墓。

「梅小久的墳是哪一個？」包公屬聲問阿楊。可是不管包公怎麼問，阿楊始終緊閉雙脣，不發一語。

包公見阿楊遲遲不肯回答，便故意激她說：「阿楊，妳為什麼不肯說出梅小久埋在哪裡？除非，妳是怕我們把他的屍體挖出來以後，會發現他鼻子裡也有鐵釘？」

阿楊一聽到「鐵釘」兩個字，嚇得臉色發白，嘴脣顫抖。過了好一會兒，她才勉強用手指著前方雜草下的一個墓碑說：「就是這裡。」

就在衙役開始用手把墓碑旁蔓生的雜草一一扯開時，有位老先生拄著柺杖走過來怒斥道：「你們這些人，沒事幹嘛跑來打擾死人的安寧？實在是太過分了！」

衙役連忙解釋說：「老先生您別生氣，我們是官府來查案的。」

「查案？查什麼案？」

「我們來調查這墳墓的主人梅小久是

包公案

怎麼死的。」

老先生聽了之後，顯得更生氣了：「這裡埋的哪是什麼梅小久？這是李家老太太的墓啊！幾年前我親眼看著她被埋在這裡的！」

包公怒不可抑的對阿楊吼道：「阿楊，妳這個陰險狡詐的女人，妳以為隨便指個墳墓，我們就找不到妳殺人的證據嗎？」

這時站在一旁的陳尚再也忍不住了，他哭著對阿楊說：「阿楊，如果梅小久真的是妳害死的，妳就老實說出來吧！我……我會原諒妳的！」

阿楊一聽陳尚這麼說，當場痛哭失聲。她一面大哭，一面帶著大家走到梅小久的墓前。

終於梅小久的棺材被打開了。陳尚仔細檢查梅小久的頭骨，果然發現在鼻子附近有兩根鐵釘。阿楊一看到鐵釘，當場暈倒在地，不省人事。

包公無意間發現阿英的哭聲可疑，一路追查出她謀殺親夫的真相，後來又因為靈敏的直覺，進一步找出阿楊用同樣手法殺害前夫的事實。他一口氣破獲兩件案子的消息，很快傳遍了大街小巷，人人都稱他是公正廉明、鐵面無私的「包青天」！

和尚轉世復仇

公堂外傳來鳴冤的擊鼓聲，衙役匆匆忙忙跑進來向包公報告說：「啟稟大人，門外有人拿了張狀子，要告發一起還沒有發生的殺人案！」

「還沒有發生的殺人案？」包公覺得很奇怪，想要探個究竟，便對衙役說：「把人帶進來，我有話問他。」

一會兒之後，衙役把一位白髮蒼蒼的老先生帶了進來。他一看到包公便恭恭敬敬的跪下來：「小的叩見包大人！」

包公見到來者是位老先生，神情明顯的溫和了起來。他問道：「老先生，你說你知道一起還沒有發生的殺人案？」

「是的。大人，請您救救程永吧！他兒子打算要把他殺了呀！」老先生神情焦急的說。

包公聽了非常詫異，連忙問說：「這到底是怎麼回事？」

老先生說：「程永是我的鄰居。兩天前，他兒子程

惜到我的店裡說要買一把刀子。我問他買刀要做什麼，他起先吞吞吐吐的，什麼都不肯說，後來經過我再三逼問，他才說買刀是為了殺掉他父親！我很擔心這孩子會做出什麼傻事，只好請包大人先把他捉起來，免得他犯下大錯！」

包公面色十分凝重的問他：「這個程惜，是程永的親生兒子嗎？」

「是的。」老先生答道。

「平常程永對他不好嗎？」

「不，程永非常疼愛這個獨生子。但奇怪的是，這孩子從小就跟他爹不親，父子倆的感情一直不太好。」

老先生離開後，包公立刻派衙役把程永叫來公堂問話。「程永，你知不知道本官為什麼找你來？」

程永有點緊張的說：「該不會是我兒子做錯了什麼吧？」

包公搖搖頭說：「他現在還沒有做錯什麼事。可是，我擔心他將來會闖出大禍！」

「大人的意思是……」

「我聽說你兒子想殺你，有這回事嗎？」

程永臉上流露出哀傷的神情。他遲疑了一下，點點頭說：「是有這回事。」

「那麼你知道，他為什麼想殺你嗎？」包公繼續問他。

「我這個兒子從小就不學好。不管我怎麼勸他，他都不聽話，而且還常常當著他母親的面前，說要把我殺了。」程永說完，忍不住長嘆了一口氣。

後來包公又問了一些他們父子相處的細節，都問不出個所以然，於是在警告程永要格外小心之後，就讓他回去了。

第二天，程惜被帶到公堂。包公坐在堂上，目光凌厲的看著他說：「程惜，你年紀已經不小了，應該知道做人處事的基本道理吧？」

「小的知道。」程惜很恭敬的說。

「既然知道，那麼你為什麼要殺自己父親？你對他到底有什麼不滿？」包公忍住滿腔的怒氣問道。

「小的對父親沒有什麼不滿。」

「既然沒有不滿，那麼你為什麼想要殺你父親，做出這種大逆不道的事？」

「我想，大概是他上輩子欠我的吧！」程惜面無表情的說。

包公憤怒的拿起驚堂木，用力往桌上一拍：「大膽！你年紀輕輕就滿口胡言！本官決定把你關進牢裡，等你知道自己錯了，再放你回去！」

包公左思右想，就是想不通為什麼程惜想殺死父親。如果說程永對兒子不好，讓程惜心存報復，倒也還說得過去。可是程永那麼疼愛兒子，程惜應該沒有什麼不滿才對。而且就算有什麼不滿，也不至於到要動刀把自己父親殺死的地步呀！

於是包公吩咐衙役去調查程永以前住在哪裡，做些什麼，希望能從中查出些蛛絲馬跡。過了幾天，衙役回來稟報包公說，二十年前程永在城外經營一家小客棧，賺了不少錢。後來他把客棧賣掉後，搬到城裡改行經營銀樓，並且娶妻生子。

「只是經營一間小客棧，為什麼可以賺那麼多錢？」包公皺著眉頭沉思了片刻，決定親自去看看那間客棧，他心想，或許可以在那裡，找到程惜想殺害父親的原因。

包公化裝成一名商人的模樣，悄悄來到了當年程永開的客棧。他點了些酒菜，邊吃邊問老闆說：「老闆，聽說你們這兒原來的老闆姓程啊？」

「是呀，你怎麼會知道呢？」老闆感到有些意外。

「程先生住在我們那兒，我曾經聽他提過。」包公說。

「原來是這樣。當年他意外發了筆財，才會把這

間客棧便宜賣給我。」

「你這裡生意應該不錯吧？」

「不錯？唉，沒賠錢就不錯了。」老闆長嘆了一口氣。

「喔？為什麼？」包公很疑惑的問道。

老闆沉默了一會兒，才緩緩的說：「不瞞你說，這客棧以前鬧過鬼！」

「鬧鬼？」包公聽了非常驚訝。

「是啊，以前有不少客人跟我說，這裡樓上的房間鬧鬼，嚇得連夜就跑。不過自從我燒香拜拜以後，鬼就沒再出現了。只是很多人聽說過這件事，都不願意住下來，所以生意一直都不太好。」

包公思考了一會兒，對老闆說：「今天晚上，就讓我住進那個房間吧！」

「你……你要住那間鬧過鬼的房間？」老闆吃驚的看著包公。

「你不是說，已經不會鬧鬼了嗎？」包公問。

「是……是啊。」老闆吞吞吐吐的說。

「那麼就請你去準備一下。天色晚了，我想休息了。」包公說。

「是！我馬上就去！」老闆說完，便匆匆去準備了。

當天半夜，原本在睡夢中的包公突然從床上醒過

來，透過窗外微弱的月光，他看見房裡站著一個穿著袈裟的出家人，神情哀傷的看著他。

「你是誰？你要做什麼？」包公問道。

和尚什麼話也沒說，只是用手指了指包公的床下，便化成一縷煙消失了。

隔天一大早，包公馬上派人來查看，沒想到竟然在床底下挖出一具骷髏來！

包公心想：「當年程永突然發了一筆橫財，就急急忙忙把客棧賣掉，不久後客棧就開始鬧鬼了。昨天晚上，房間裡又出現了和尚的鬼魂，暗示我他的骸骨就埋在床底下，好像是要我替他討回公道。」

包公越想越覺得這一切的謎團，似乎都與程永有關。於是他快馬加鞭趕回開封府，再次傳程永到公堂來問話。

「程永，二十年前，你是不是開過一間客棧？」包公問道。

「是。」

「我昨天去了那間客棧，你知道我遇到誰了嗎？」

「小的不知道，請大人明示。」

「我遇見一位和尚。」

程永一聽到「和尚」兩個字，

頓時臉色大變。包公見他神色有異，當下明白了七八分，便繼續說：「那位和尚對我說，他已經在那裡等了你二十年，可是你一直都沒回去看他。」

程永整個人都顫抖了起來，但還是強作鎮定的說：「大人，小的不認識什麼和尚。」

包公冷冷的瞪著他說：「你真的不認識他嗎？二十年前，你不是把他殺死了以後，埋在床底下嗎？」

這時程永已經癱在地上，嚇得什麼話也說不出來了。最後他終於承認二十年前有位和尚住進他開的客棧裡，手上還拎著一個鼓鼓的包袱，全是為興建佛寺募來的善款。程永一時起了貪念，把和尚殺死後埋在床底下，然後靠著那筆錢改開銀樓，成家立業，並生下了兒子程惜。

這時程惜也被帶到公堂上來了。程永注視著兒子的臉孔與身形，突然感到一陣寒意：因為他發現，不知道從什麼時候，程惜竟然變得那麼像當年他害死的和尚！難道說，程惜是那個和尚投胎轉世來報仇的嗎？他忍不住大叫道：「包大人，求求你快把我關起來吧，我不能再見我兒子了！我真的不能……」說罷便昏倒在地上，被衙役抬進牢裡，等候判決。

包公告訴程惜說，他父親因為謀財害命，即將被處以死刑，並要他以後好好做人，不要再做出讓人擔

心的事。程惜恭敬的點點頭說：「大人請放心，小的決定要出家做和尚，以彌補父親的罪過。」

　　當年程永謀財害命殺了和尚，沒想到如今兒子程惜卻想要當和尚，這一切莫非是冥冥中早已註定？包公難以置信的看著程惜，驚訝得說不出話來。

包公案

一件血衣

　　一大清早，黃善正準備下田工作，妻子瓊娘家的僕人進安急急忙忙跑進屋裡，大聲喊道：「小姐不好了，老爺生了重病，妳快跟我回去一趟吧！」

　　瓊娘聽說父親病了，心裡急得不得了，立刻要進安去廚房準備出門用的乾糧，並向丈夫說想回老家去看看父親。

　　黃善有點不高興的說：「現在大麥正在收割，人手不夠，一時忙不過來。我看，妳過幾天再回去吧！」

　　瓊娘著急的說：「我父親病得那麼嚴重，家裡又沒人照顧他，怎麼能再等呢？」

　　「不行，妳一定要等到大麥收割完了才能走！」黃善堅持說。

　　瓊娘被丈夫拒絕，心裡非常難過，一整天都悶悶不樂。她想：「父親就只有我這個女兒，沒有其他人可以依靠。萬一他老人家出了什麼事，我再不回去，後悔就來不及了。乾脆我不要對阿善說，自己偷偷回去

算了。」

　於是第二天清晨，<u>瓊娘</u>趁著<u>黃善</u>還沒起床，拎著簡單的包袱，帶著<u>進安</u>匆匆往娘家奔去。這時太陽還沒出來，霧又很濃，幾乎看不到前面的路。

　「小姐，現在霧這麼大，根本就沒辦法走。我們先在林子裡躲一會兒，等霧散了再走吧。」<u>進安</u>說。

　<u>瓊娘</u>覺得有點不妥：「這裡太偏僻了，只有我們兩人，萬一被人看見了不好。我看前面好像有個亭子，不如我們再往前走一點，到亭子那裡休息一下好了。」

　這時三名屠夫正往<u>瓊娘</u>他們方向走過來。其中一名姓<u>張</u>的屠夫看見<u>瓊娘</u>身上穿戴的都是值錢的東西，便慫恿其他兩個人說：「你們看前面這個女人，看起來好像滿有錢的樣子。不如我們動手把她的首飾搶下來，三個人分一分，可以好幾天不用做生意哩！」

　「我贊成！」另一個姓<u>劉</u>的屠夫說，「我去捉她的僕人，老<u>張</u>負責把女人眼睛矇住，老<u>吳</u>去搶她身上的首飾，你們說好不好？」其他兩人聽了都點頭表示同意。

　機警的<u>瓊娘</u>注意到前面三個人不斷用眼角的餘光打量自己，看起來不像是正經的人，覺得情況有點不對，便悄悄把身上的首飾摘下來

藏在袖子裡面，然後小聲對<u>進安</u>說：「小心一點，我覺得前面那三個人……」

話還沒說完，三名屠夫突然衝上來把<u>進安</u>捉住，再緊緊捉住<u>瓊娘</u>，用手摀住她的眼睛，不斷拉著<u>瓊娘</u>的袖子，想搶走她的首飾。可是<u>瓊娘</u>哪裡肯輕易放手？她拚命的掙扎，不肯屈服，雙方拉扯了好久。

姓<u>張</u>的屠夫眼看天色漸漸亮了，擔心有路人經過會認出他們，從腰間拔出一把殺豬用的屠刀，二話不說用力往<u>瓊娘</u>左手一砍。

「唉呀！」<u>瓊娘</u>大叫一聲，死命捉著衣袖的手終於鬆開了，人也倒在地上不省人事。屠夫們趁機搶走<u>瓊娘</u>的首飾，便慌慌張張的逃走了。

<u>進安</u>見<u>瓊娘</u>的手被砍傷，血流了滿地，驚惶失措的趕回<u>黃</u>家。<u>黃善</u>聽說妻子受傷，又氣又急的說：「我叫她不要急著回去，她就是不聽我的話！」

他急忙跟著<u>進安</u>趕到樹林裡，發現妻子滿身是血的倒在地上，整個手掌幾乎都被砍斷了。他趕緊跟<u>進安</u>合力把妻子抬回家，並找大夫來替<u>瓊娘</u>治療。

<u>瓊娘</u>醒過來見到<u>黃善</u>，眼淚便不禁簌簌流了下來。她怪自己不該不聽丈夫的話偷偷跑回娘家，才會發生這種不幸。<u>黃善</u>一面安慰她，一面問清楚當時被搶的經過，然後寫了張狀子，要<u>進安</u>送去衙門向<u>包公</u>投訴。

包公看了狀子後，發現狀子裡並沒有提到歹徒名字，就問進安說：「你以前看過這三個人嗎？還記不記得他們的樣子？」

　　進安想了一下說：「小的以前沒見過這幾個人，不過看他們的打扮，好像都是屠夫。」

　　包公沉思了片刻，告訴進安說：「你現在趕快回去，把瓊娘被搶時身上穿的那件沾了血跡的衣服拿來給我！」進安雖然不知道包公的用意，還是匆匆趕回家去，把血衣拿來交給包公。

　　包公交代進安說，千萬不可將此事告訴別人，並吩咐手下黃勝說：「現在時候還早，我猜那三個歹徒應該還沒回到家。你儘快去找個這附近沒有人認識的陌生人，讓她穿上瓊娘的血衣，然後沿街大聲喊說她早上經過樹林時，看到三個屠夫被人搶了身上的財物，而且其中有個屠夫因為反抗強盜，被殺死在樹林裡了。我敢保證過不了多久，就會有人提供你犯人的線索！」

　　黃勝奉包公之命，找一個外地來的人，讓她穿上瓊娘的血衣，在街上一邊走一邊叫，引起了很多人注意。當他們走到東巷口張蠻家附近的時候，屠夫張蠻的妻子急忙跑出來問他們說：「我丈夫一大早就出去批豬肉了，可是到現在還沒有回來。我很擔心你們看到的就是我丈夫！」

黃勝連忙問她：「妳丈夫是跟誰出去的，妳知道嗎？」

「是老劉跟老吳。他們三個人每天都會去城外跟肉販批肉，然後拿回城裡來賣。」張蠻的妻子回答。

黃勝一聽便覺得這幾個人可能就是砍傷瓊娘的歹徒，不過還是裝出若無其事的樣子告訴張蠻妻子說，他不確定被殺的人是不是張蠻，但若是有任何消息的話，一定會立刻通知她。

張蠻妻子離去後，黃勝找了附近的一間小酒館，坐在那兒等著張蠻回來。一直等到夕陽漸漸西沉，張蠻終於回來了。他才剛走到家門口，就被後方的黃勝一把捉住。

張蠻一面掙扎，一面大聲喝道：「你是什麼人？為什麼要捉我？」

「張蠻，你搶人財物，又殺人未遂，你招不招？」黃勝大喝道。

「我什麼都沒做，你憑什麼冤枉我？快放開我！」張蠻一面掙扎，一面大吼著說。

黃勝當然沒有放手，他揪著張蠻的衣服怒斥道：「如果我真的冤枉你的話，你就去向包大人解釋清楚

105

吧！」說著便押著他回去見包公。

到了開封府，黃勝向包公說明捉到張蠻的經過。可是張蠻死都不承認自己搶了瓊娘的首飾，還強辯說：「包大人，我一整天都在外面做生意，才剛踏進家門就被捉到這裡來了。我看這其中一定有什麼誤會，你們捉錯人了。」

包公目光凌厲的看著張蠻，冷冷的說：「張蠻，你到現在還不肯認罪？」

「我又沒有做什麼，要我招什麼呢？」張蠻露出一副滿不在乎的樣子。

包公見張蠻完全沒有絲毫悔意，還想繼續隱瞞事實，臉色一沉，怒喝道：「來人啊，給我搜身！」

兩名衙役上前搜查張蠻全身上下，在他衣袋裡發現了幾件首飾。包公叫進安前來指認，證實這些首飾的確是瓊娘的。包公大聲怒斥道：「大膽張蠻！現在你人贓俱獲，還不快招出同夥有哪些人？否則，我現在就把你拖出去斬了！」

張蠻眼見事跡敗露，頓時臉色大變，跪倒在包公面前拚命的磕頭說：「大人饒命呀！大人饒命呀！」

張蠻供出了老劉與老吳的名字，包公立刻派衙役把他們捉來。起初老劉與老吳兩人沿路還拚命喊冤，推說自己什麼都不知道。直到他們進了公堂，看到張

包公案

蠻跪在一旁低著頭不敢說話，這才知道張蠻已經認罪，也只好承認了自己的罪行。

事後黃勝問包公說：「我一直想不通，為什麼大人要我派人穿著血衣沿街喊叫，而且事先就料到犯人的妻子一定會出面呢？」

包公抬起頭來，緩緩的說：「我聽進安說那三名歹徒可能是屠夫，於是判斷他們在搶了瓊娘的首飾之後，一定不會馬上回家，所以要你派人穿著血衣，到處散布有關屠夫被殺的消息。因為若是屠夫的妻子聽說了這件事，一定會擔心是自己的丈夫被殺，就會出面向你問個清楚。只是她沒想到的是，被殺的不是自己丈夫，而是她丈夫害了別人啊！」

黃勝聽了忍不住嘆道：「原來包大人是懂得將心比心的道理，才破了這件案子。真是佩服之至，佩服之至！」

繡花鞋

朱娟把家裡的髒衣服洗完，累得滿頭大汗，正想休息一下，忽然聽到外面有人叫道：「阿娟妹妹，妳在家嗎？」

朱娟聽到那個熟悉的聲音，露出無奈的表情：「唉，又是表哥來借錢了。」

朱娟口中的表哥叫朱念六，是她舅舅的兒子。朱念六是個很懶散的人，整天只會吃喝玩樂，沒錢就到處借錢亂花，親戚朋友見了他都很頭痛。

朱念六走進來四處看了一下，問道：「阿娟妹妹，妹夫不在啊？」

「三郎去外地做生意了。你來有什麼事嗎？」朱娟一面說，一面拿了杯茶放在他面前。

朱念六拿起茶杯，咕嚕咕嚕一飲而盡，有點不好意思的說：「最近手頭有點緊，想跟你們借點錢。」

「可是三郎不在家，我手上沒有錢……」朱娟面有難色的說。

「不想借就不要借嘛，何必裝出一副沒錢的樣子。」朱念六露出很不高興的表情。

「表哥你誤會了，我真的沒錢。等三郎回家，你再來吧！」

「哼，不借就不借，有什麼了不起！」朱念六說罷，便氣呼呼的掉頭離開了。

當天晚上，王三郎一回到家，連喚了朱娟幾聲都沒有聽到回答。他摸黑點起油燈，卻赫然發現妻子被人割喉，鮮血流得滿地都是，死狀相當悽慘。

「阿娟啊，妳怎麼會死得這麼慘啊！」王三郎忍不住哀嚎起來。

鄰居們聽到王三郎痛哭的聲音，紛紛跑過來看發生了什麼事，只見朱娟躺在地上，早已沒有了氣息。大家正七嘴八舌討論是誰殺了朱娟時，突然發現地上有好幾個血腳印。

「一定是殺死朱娟的人留下來的！」有人這麼說。

「現在天色太暗，什麼也看不到。等明天早上天亮了，我們再順著血腳印去找兇手吧！」有人這麼提議道。

包公案

第二天一大早，六、七個人順著血腳印往屋外走，打算找出殺死朱娟的兇手，<u>王三郎</u>也跟在後面。一開始血腳印還很明顯，到了後來變得越來越淡。最後血腳印停在河邊一艘破船的前面就消失了。

「難道說，兇手在這艘船上？」<u>王三郎</u>疑惑的說。

「你們看！」有人指著船板大叫。大家順著那人指的方向一看，發現船上也有一些血跡。<u>王三郎</u>立刻激動的衝上船去，從船艙裡揪出了一個人——竟然是<u>朱念六</u>，而且他的鞋子上都是乾掉的血漬！

「就是他！一定是他殺死<u>朱娟</u>的！」

「打死他！打死他！」

<u>王三郎</u>一行人捉著<u>朱念六</u>又打又罵，一路把他押到了<u>開封府</u>，交給<u>包公</u>處理。<u>包公</u>神情嚴肅的看著<u>朱念六</u>，厲聲問他：「<u>朱念六</u>，你為什麼要殺死你表妹<u>朱娟</u>？給我老實說！」

「大人冤枉啊，我真的沒有殺她！」<u>朱念六</u>急忙否認。

「那天有人親眼看見你怒氣沖沖的從<u>朱娟</u>家走出來，你還敢否認？」

「啟稟大人，小的那天確實去了<u>阿娟</u>妹妹家，可

是，我並沒有殺她！」

「那你鞋子上為什麼都是血呢？」

「那天早上我去找阿娟妹妹，想跟她借點錢，因為沒有借成，所以決定晚上再去試試。可是我去的時候，他們家大門根本就沒關，而且整個屋子黑漆漆的，沒有點燈。我喊了幾聲阿娟妹妹，她都沒有回答，所以就離開了。至於我鞋子上的血跡，我想應該就是那時候沾到的。」

包公聽到朱念六如此詳細交代了當天的狀況，覺得這個人雖然看起來吊兒郎當的，但不像是在說謊，決定暫時把他關起來，再繼續調查下去。包公又問王三郎說：「你有沒有發現家裡遺失了什麼東西？」

王三郎想了半天，回答說：「貴重的東西倒是沒有。不過很奇怪的是，阿娟腳上有隻繡花鞋卻不見了。」

這個殺人犯什麼東西不偷，竟偷走死者的一隻繡花鞋？包公低頭沉思了好久，始終想不出是什麼原因。後來他靈機一動，想到了一個好辦法……

第二天，大街小巷裡都貼滿了布告，上面寫著：「開封府王某之妻被殺，她腳上一隻鞋子丟了。如果有誰撿到這隻鞋子送到開封府，可以得到重賞！」

過了不久，有個叫趙五的人送來一隻女人的繡花鞋。包公問他：「你這隻鞋是在哪裡找到的？」

　　「在近江亭那裡挖出來的。」趙五恭恭敬敬的說。

　　「你怎麼知道要去那裡找鞋子呢？」包公問。

　　「是……是……」趙五吞吞吐吐的，卻始終說不出口。

　　「沒關係，你告訴我，我不會說出去。」包公和顏悅色的說。

　　趙五猶豫了一會兒，才緩緩回答說：「不瞞大人，其實這件事是我妻子告訴我的。她特別吩咐我，叫我不要說是她告訴我的。」

　　「可是，你妻子又怎麼會知道，這隻繡花鞋埋在那兒呢？」

　　「這……小的就不清楚了。」

　　包公心想，趙五的妻子為什麼知道繡花鞋埋在近江亭？而且，她為什麼又特別交代趙五不要說是她說的呢？包公越想越覺得這個女人很可疑，決定召她來問個清楚。

　　趙五的妻子雲娘臉色蒼白的跪在包公面前，急促的呼吸聲清晰可聞，看起來非常緊張。

　　「雲娘，是妳叫趙五去把鞋子挖出來領賞的，是不是？」包公問她。

「是……」雲娘小聲的答道。

「妳怎麼知道繡花鞋埋在那裡？」

「我是聽人家說的。」

「那個人是誰？」

「我……我不記得了。」雲娘吞吞吐吐的說。

「大膽！在本官面前竟敢不說實話！妳再不說，我就叫人重重打妳二十大板！」包公大聲斥責她。

雲娘被包公這麼一喝，嚇得六神無主，馬上就招了：「啟稟大人，是我哥哥李賓告訴我的。他看到布告說，找到繡花鞋的人有錢可拿，就叫我告訴我丈夫去挖鞋子，到開封府領賞，領到的錢一人一半。」

「妳哥哥還跟妳說了些什麼？」包公繼續問她。

「他還說，叫我不要說是他告訴我的。」

包公一聽就知道這個叫李賓的人是殺死朱娟的兇手，於是立刻派人把李賓捉起來。李賓見到包公鐵著一張臉，心裡直往下沉，雙膝跪倒在地上。

包公屬聲問道：「李賓，你是要老實招供，還是要我先打你一頓，你才肯說實話？」

李賓強作鎮定的說：「大人，小的沒有犯錯，不知道要說些什麼。」

包公冷冷的看著他：「哼，你到現在還不肯承認？好，我問你，你

是怎麼發現那隻繡花鞋的？」

　　李賓大吃一驚，心想一定是妹妹不小心說溜了嘴。他抿抿嘴唇，很緊張的說：「小的是無意間發現那隻繡花鞋的。不過我沒有殺死朱娟。你們一定是捉錯人了。」

　　包公挑挑眉毛，拿起驚堂木一拍，大喝道：「李賓，我根本就沒說那隻繡花鞋是誰的，可是你卻說那是朱娟的鞋子。如果不是你殺了她，又怎麼會知道那是她的鞋子呢？來人啊，給我重打二十大板！」

　　李賓被打得皮開肉綻，痛得哇哇大叫，不得不招出自己的罪行。

　　原來李賓就住在王三郎家的對面。發生命案的那天晚上，他知道王三郎不在家，打算偷偷溜進他們家裡偷東西，卻不小心被朱娟發現了。他情急之下拿刀把朱娟殺死，並順手取下朱娟腳上的鞋子，用鞋子把刀上的血跡抹乾淨。後來他想到，萬一別人從鞋子上的血跡循線找到他，那可就麻煩了，於是就把那隻繡花鞋帶走，然後挖了個洞，把鞋子埋起來。

　　幾天之後，他看到街上的布告，聽說包公在找那隻繡花鞋，心裡很想要那筆賞金，可是又不敢出面，只好叫自己妹妹雲娘告訴趙五，要他把鞋子挖出來拿去領賞。誰知道這麼一來，反而讓他的罪行曝光，也讓包公因此而破案。

包公案

李賓因為一時貪心，犯下謀財害命的滔天大罪。可是他既不知悔改，還想矇騙包公領取賞金，終究逃不過法律的制裁，實在是罪有應得！

繡花鞋

銅錢插壁

　　衛典是個很有錢的人，他平時住在豪華的大宅子裡，穿的是綾羅綢緞，吃的是山珍海味，出入又有華麗的馬車，大家都很羨慕他。

　　有天他在酒館裡跟朋友聊天，高聲的說自己家裡堆了許多金銀財寶，一輩子都用不完。朋友好心勸他不要那麼招搖，免得招來壞人想偷他的錢財，沒想到衛典居然對朋友說：「怕什麼？有錢又不是罪過，幹嘛要遮遮掩掩的？放心啦，不會有事的。」

　　朋友見他完全不聽勸告，還是一天到晚到處炫耀自己多有錢，也只有搖頭嘆息的分。

　　過了幾天，不幸的事終於發生了。二十幾個穿著黑衣、臉上蒙著黑布的強盜，趁著黑夜拿著刀劍與火把衝破衛家大門，把所有值錢的東西全都搶走了。衛典看著自己辛辛苦苦、一點一滴攢下來的錢財都沒了，當場放聲大哭。鄰居聽到陣陣哀傷的哭聲，紛紛走到衛家門口，探頭看是怎麼回事。

就在圍觀的人群你一言、我一語的安慰衛典時，有個叫羅成仔的人卻酸溜溜的說：「哼，誰叫衛典平常老是喜歡炫耀自己多有錢，所以才會被人家搶，真是活該！」

後來有人把羅成仔的話一字不漏的告訴了衛典，他聽了很不高興的說：「羅成仔不務正業，每天只會跟酒肉朋友吃吃喝喝，又一天到晚賭博，把祖先留下來的房子都輸光了，他憑什麼批評我？」

這時衛典的兒子衛元提醒他說：「爹，那天其他鄰居都跑來安慰我們的時候，只有羅成仔一個人在那邊說風涼話，你不覺得很奇怪嗎？」

「那麼你覺得他為什麼要這麼說呢？」衛典問道。

「羅成仔平常來往的朋友，都不是什麼正經的人。我看，說不定就是他那些酒肉朋友賭博輸了錢，所以跑來把我們家的金銀珠寶搶走！」衛元很肯定的說。

衛典越聽越有道理，於是寫了一張狀子，告到正在四處巡查的包公府衙。

「帶被告羅成仔！」

羅成仔被帶到公堂，平常玩世不恭的模樣全不見了。他跪在地上，不安的扭動身體，始終不敢直視包公。包公見他畏畏縮縮的樣子，大聲喝道：「羅成仔，衛典說你跟你的朋友搶了他們家的財物，你認不認罪？」

　　羅成仔驚惶失措的高呼：「冤枉啊，青天大老爺，我怎麼可能做出這種事情呢？我只是個善良的小老百姓，請您一定要查清楚啊！」

　　包公冷冷的說：「我問過很多人，大家都說你平日遊手好閒，只會跟著一票狐群狗黨到處騙錢賭博，算什麼善良的老百姓？如果你不招的話，我就要用刑了！」

　　羅成仔一聽到包公說要用刑，嚇得整個人趴在地上大喊：「大人啊，小的真的沒有搶錢！一定是衛典故意陷害我！」

　　「你跟衛典無冤無仇，他為什麼要陷害你？」包公問他。

包公案

　　「那天小的經過衛家，知道他們家被搶之後，隨口說了句活該。衛典為了報復我，才會誣賴我搶了他們家。他手上沒有證據，怎麼可以隨便告我呢？這分明就是陷害我啊！」

　　包公回過頭來，詢問跪在一旁的衛典說：「衛典，你控告羅成仔搶了你們家，可有什麼證據？」

衛典低下頭，囁嚅的說：「沒有。」

包公簡直快氣炸了，他拿起驚堂木用力一拍，怒斥道：「衛典，你沒有任何證據，居然就隨便誣告羅成仔，本來應該罰你重打二十大板。不過諒你年事已高，家裡又才發生不幸，饒你不必受罰。你快走吧！」

羅成仔回家之後，心想自己雖然是被陷害，可是平常確實是做了很多壞事，才會惹來這場無妄之災。從此他再也不賭博胡鬧，也逐漸遠離了那群壞朋友。大家看羅成仔有這麼大的改變，都很替他高興。只有衛典覺得很不服氣，私底下常跟朋友抱怨說：「我被搶了那麼多錢，已經夠倒楣了，包大人卻說我誣賴人，實在是很過分。何況大家都知道羅成仔不是什麼好東西，為什麼包大人那麼草率就放他走呢？你們不覺得，這其中一定有什麼問題嗎？」

衛典的這番話漸漸在地方上傳開來，就連包公都聽說了。本來包公並不想理會這些閒言閒語的，可是後來傳言越來越多，也越傳越離譜，甚至還有人說包公之所以會放了羅成仔，是因為拿了他的好處。包公越想越生氣，於是把衛典叫來怒斥道：「衛典，你家裡遭搶固然很值得同情，可是你沒有任何證據，就誣賴搶匪是無辜的羅成仔，而且還到處放話損害本官的名譽。今天，我非給你一點教訓不可！」

　　包公重打衛典二十大板，還把他關了起來。大家聽說衛典被打得死去活來，又被關進大牢，都覺得包公這麼做實在很沒道理，不禁議論紛紛：「包大人不去捉強盜，怎麼反而把衛典捉起來呢？」

　　「難道說，包大人真的拿了羅成仔的錢嗎？」

　　面對眾人的批評，包公完全沒有放在心上。因為他這麼做，是為了要引出真正的搶匪……

　　一個繁星點點的夜晚，包公踏著月色，穿過大街小巷，來到了城隍廟的附近。他聽到廟旁某棟房子裡傳出吵雜的笑鬧聲，便悄悄走近窗子往內一看，只見裡面有一群人正在大口喝酒，大口吃肉，熱鬧得不得了。其中有人大笑著說：「大家都說開封府的包大人有多厲害，可是衛典家的案子，他一直都查不出是誰做的。我看他啊，簡直就是個草包嘛！」

　　「可不是嗎？希望他以後的子子孫孫都來這裡做官，那麼我們就可以繼續搶人東西，繼續過逍遙的日子囉！」另一個人說。

　　「說起來，這裡的城隍爺還真靈呢，祂保護我

包公案

們，讓包老爺子捉不到我們哩！哈哈哈……」又有人附和道。

躲在窗下傾聽的包公，知道這幾個人就是搶劫衛家的犯人，便從懷裡掏出三個銅錢，插在房子外牆的縫隙裡，然後悄悄的離開了。

第二天，包公親自帶著一群衙役到城隍廟拜拜，拜完從廟裡出來的時候，刻意在附近繞了一圈，找到昨晚插了三個銅錢在壁縫裡的那棟房子，包公下令手下包圍那棟房子，一口氣捉了二十幾個人，全部帶回開封府審問。

二十幾個盜賊跪在公堂上，每個人都臉色發白，還露出惶恐的神情。包公眼神掃視過這群人，然後說：「你們這些可恥的小人，晚上闖入無辜老百姓的家裡，搶走人家的錢財，犯下滔天大罪，還不快點認罪！」

這群盜賊的首領叫做鐵木兒，他十分狡猾的說：「大人，我們只是小老百姓，哪有可能會去搶劫呢？還請包大人查清楚，不要隨便冤枉了好人！」

包公氣得站起身來，雙手撐著桌子，怒目罵道：「如果你們真的只是普通小老百姓，為什麼希望我的子孫都來這裡做官，好讓你們可以繼續搶人家的東西，繼續過逍遙的日子？」

鐵木兒等人嚇得目瞪口呆，臉色鐵青，一句話也

說不出來。包公又繼續說：「你們不是說這裡的城隍爺很靈，不但保護你們沒有被捉，也保佑我捉不到你們嗎？現在，你們還有什麼話好說？」

盜匪們聽了又驚又懼，拚命叩頭求包大人饒命，並承認衛典家的搶案是他們做的。捉到真正的搶匪之後，包公把衛典放出來，並告知把他關起來的原因，一來是要讓搶匪以為官府捉不到犯人，只好拿衛典出氣，好讓搶匪卸下心防，露出破綻；二來是因為衛典隨隨便便証賴羅成仔，還散布不實的謠言，所以要給他一點教訓。

衛典聽了覺得很慚愧，從此痛改前非，不但改掉過去奢侈浪費的習慣，還經常救濟貧苦無依的鄰居，成為人人稱讚的大善人。

窗外黑猿

　　「小偷！有小偷啊！」半夜裡的驚叫聲，讓張家的長工雍良從睡夢中驚醒過來。

　　「不好了，是小姐的聲音！」

　　雍良連忙從床上爬起來，直往小姐兆娘的房間跑，不小心卻和一名蒙面的黑衣人撞個滿懷。黑衣人被雍良一撞，重重的摔了一跤，手上的包袱也掉下來撒了一地——裡面全都是兆娘的珠寶首飾！

　　張家上上下下也都趕來了。大家七手八腳的一擁而上，好不容易捉住黑衣人，扯掉他臉上的面罩。想不到，他竟是張家的另一名長工袁和！

　　袁和本來就是個很狡猾的人。他已經在張家十幾年了，向來是能偷就偷、能摸就摸，很不老實，張家主人張瑞早就對他十分不滿。這次他偷兆娘的首飾當場被逮，張瑞氣得不得了，他憤憤的對袁和說：「照理說，我應該把你送到官府去治罪，不過諒你在我們家那麼多年，沒有功勞也有苦勞，所以我放你一條生路。

現在，你就給我滾出張家，再也不准回來！」

一般人做錯了事，都會很不好意思，還會檢討自己到底是什麼地方做錯。可是袁和這個人卻不是這樣，他覺得自己會被趕出張家，都是雍良多管閒事。

他在離開張家之前，還惡狠狠的對雍良說：「這筆帳，我遲早會跟你算！你給我記住！」

過了幾個月，張瑞忽然生了一場大病，後事都還沒交代清楚就過世了。張瑞的妻子楊氏與女兒兆娘一時手足無措，不知道怎麼辦才好。所幸家裡大大小小的事情都有雍良幫忙打點，讓她們非常感激。

有天晚上，楊氏與兆娘去鄰居家吃喜酒，只留雍良一個人在家。無情無義的袁和不知從哪兒打聽到楊氏不在家，竟然趁機溜進張家，打算偷點值錢的東西。他才一進到屋內，就被正在記帳的雍良發現了。

「袁和？你怎麼來了？」雍良吃驚的說。

袁和咬牙切齒的說：「雍良，你以前在主人面前說我壞話，害我被趕出去⋯⋯今天，我非報仇不可！」

他話一說完，便從衣服裡掏出一把尖刀，用力朝雍良的胸口一刺。雍良大叫一聲，當場氣絕身亡。袁和取走雍良桌上的銀票，隨手拿了個籐製的籃子把銀票放在裡面，便急忙從後門逃跑了。

楊氏及女兒兆娘回來，發現雍良倒在血泊中，兩人忍不住相擁而泣：「老天爺啊，我們張家到底是造了什麼孽？丈夫才病死沒多久，雍良又被人狠心殺死，為什麼我們會這麼命苦啊！」

鄰居聽到張家母女淒厲的哭聲，大家七嘴八舌的猜測究竟是誰殺了雍良。這時有個叫汪通的人卻冷冷的說：「我覺得雍良的死因，恐怕並不單純。」

「怎麼說呢？」有人問他。

「你們想想看，張家母女平常晚上幾乎足不出戶，為什麼今天晚上一出門，雍良就被殺死了呢？」

「那你的意思是？」

「你們有沒有發現，楊氏跟兆娘每天都打扮得漂漂亮亮的，如果不是外面有了男人，她們何必打扮成那個樣子呢？所以我想，一定是雍良無意間發現她們的祕密，這對母女擔心東窗事發，就假裝說要出去吃喜酒，然後暗中找人來把雍良給殺了！」汪通很肯定

包公案

的說。

其實鄰居們都知道，<u>汪通</u>一直很嫉妒<u>張瑞</u>有個美麗的妻子，所以這番胡言亂語，根本就沒有人放在心上。可是這裡的<u>洪知縣</u>是個很昏庸的官吏，他聽說<u>張</u>家發生了殺人命案，而且殺人兇手很可能就是<u>張</u>家母女，竟然二話不說就把<u>楊</u>氏與<u>兆娘</u>捉起來，硬逼她們招供。

<u>楊</u>氏與<u>兆娘</u>莫名其妙被捉起來，自然是連連喊冤。可是<u>洪知縣</u>只聽<u>汪通</u>的一面之辭，竟下令對她們嚴刑拷打。這對無辜的母女被打得遍體鱗傷，那種悽慘的樣子，就連獄卒看了都忍不住流下淚來。

<u>兆娘</u>的身體本來就很虛弱，經過幾天慘無人道的折磨，已經快撐不下去了。她氣若游絲的對母親說：「娘，我看我是活不了多久了。我死了以後，您一定要多保重，千萬不能屈服，要替咱們母女倆洗刷冤情啊！」

「<u>兆娘</u>，妳不能走，妳不能留下娘一個人呀！」<u>楊</u>氏激動的抱著<u>兆娘</u>，不停的哭喊著。無奈第二天<u>兆娘</u>便死了。

<u>楊</u>氏看到女兒死在自

己懷裡，悲傷得幾度想要自殺。獄卒看了十分不忍，勸她說：「妳如果自殺了，那麼誰來替妳們洗刷冤屈？而且冤死的兆娘也會死不瞑目啊！」

楊氏在獄卒的安慰下，打消了自殺的念頭。她只希望自己在有生之年，遇上一個真正公正廉明的官吏，重新審查雍良慘死的案子，好還她們母女倆清白。

過了好久，洪知縣因為年事已高，決定退休回老家，而他手上幾樁懸而未決的案子，朝廷決定交給包公負責處理。包公重新看過楊氏的案件之後，覺得洪知縣只憑著汪通的幾句話，就判定楊氏及女兒兆娘有罪，未免太過草率，於是派出幾名手下重新查訪真相。可是事情已經過了太久，手下怎麼查也查不出任何結果。

包公特地齋戒沐浴，誠心誠意的向上蒼祈求說：「老天爺啊，張家長工雍良被人殺害的案子，已經拖了好久都無法判決。如果楊氏真的是兇手的話，請祢讓我找出證據！如果楊氏是冤枉的，也請祢讓我找出真正的犯人，還她們母女清白吧！」

說也奇怪，就在包公誠心祝禱時，突然有陣風把書房裡的燭火吹熄了。包公猛然抬頭，發現前面好像有個影子。他快步走到窗邊，看到一隻黑色的猿猴站在那裡。

「奇怪，怎麼會有隻猿猴跑到這裡來呢？」包公連忙趕到門口想走出去看個究竟，那隻猿猴已經消失不見了。

包公越想越覺得納悶：「為什麼會出現那隻猿猴？難道是老天爺聽見了我的祈禱，想透過牠告訴我什麼線索嗎？」

包公站在門口沉思了好久，突然靈機一動，原本晦暗的臉上，閃過一絲驚喜的表情……

第二天，包公把楊氏找來問話：「楊氏，妳認識什麼人姓袁嗎？」

楊氏想了一會兒，回答說：「我沒有姓袁的朋友。不過以前我們家裡雇過一個姓袁的長工，叫做袁和，他偷了我們家的珠寶被雍良發現，已經被趕出張家了。」

包公一聽，立刻派人把袁和捉來審問。

「袁和，張家的長工雍良，你認識他嗎？」包公問道。

「小的認識。」袁和說。

「聽說，你被趕出張家，是因為雍良的關係？」

「啟稟大人，小的在張家十多年，一直忠心耿耿，

深得老爺子的信任。如果不是雍良故意栽贓，說我偷了小姐的首飾，我絕對不會被趕出張家！」袁和憤憤不平的說。

「這麼說，你很恨雍良囉？」包公繼續問。

「小的確實是不喜歡他。」袁和一面說，臉上還露出憤恨的神情。

「那麼，你是不是因為很恨他，所以才偷偷跑回張家，用刀把他給殺了，還偷走他們家的銀票？」

沒想到狡詐的袁和非但沒有因為包公的這番話感到害怕，反而很冷靜的說：「包大人，您怎麼可以隨便指控我是殺人兇手呢？要捉人，也要有證據啊！」

包公冷笑道：「你要證據？好──」包公使了使眼色，手下隨即拿出一個裝滿銀票的小籐籃放在他的面前。「這個籐籃是在你家找到的。你是從哪裡拿來的？說！」

在場的楊氏看到那只籐籃，忍不住大叫道：「那……那是我們張家祖傳的籐籃啊！」

袁和一聽楊氏這麼說，一時啞口無言。包公猛一拍桌子，大喝

133

道：「大膽袁和，你招是不招？」

　　袁和眼看事情已經到了這個地步，再也隱瞞不住，只好老實供出自己的罪行。包公認為他謀財害命，罪行重大，判處他死刑。至於汪通因為嫉妒心太重，陷害無辜的人，判重打二十大板。

　　楊氏與兆娘的冤情，終於在包公鍥而不捨的追查下得以洗刷，也還給她們應有的清白。

包公案

兔子戴帽

　　孝感縣的知縣張時泰非常無能，他常常不問清楚事實就隨便定別人的罪，冤枉了許多無辜的好人，孝感縣的老百姓叫苦連天。包公聽說了這件事，決定親自到孝感縣走一趟，看看張時泰是不是真的像大家所說的那麼昏庸。

　　在前往孝感縣的途中，包公聽到街頭傳來一陣熱鬧的鑼鼓聲與笑鬧聲，便派護衛去看看發生了什麼事。護衛回來說：「報告大人，是幾個人帶著小動物在耍把戲呢。」

　　「耍什麼把戲呢？」包公很好奇的問。

　　「有小狗拉車、猴子爬竿，還有戴帽子的兔子。」

　　「戴帽子的兔子？」包公立刻陷入了沉思。原來他昨天夜裡做了一個夢，夢見他在山路上行走時突然出現一隻兔子，而且頭上還戴了頂帽子。包公才剛做了這樣一個夢，街上又出現戴帽子的兔子，他覺得這其中必定有什麼關連，絕不只是巧合而已。

包公帶著護衛繼續往前走，一面想著兔子與帽子有什麼關連：「兔子，帽子，兔子頭上戴著帽子⋯⋯在兔字的頭上加個帽子⋯⋯不就是『冤獄』的『冤』字嗎？」

包公心想不妙，立刻吩咐說：「孝感縣一定是發生了什麼冤案，我們得快點趕去！」

就在包公趕往孝感縣的同時，有個叫鄭日新的人向知縣張時泰告狀，說布商楊清害死了他的表弟馬泰，於是張時泰立刻派人去把楊清捉來審問。

「楊清，有人告你謀財害命，你認不認罪？」張時泰問道。

「大人，小的不認識馬泰，又怎麼可能會殺他呢？」楊清眼中流露出驚恐的神色。

「剛才我沒有提到馬泰的名字，你是怎麼知道他被殺呢？」張時泰又問他。

「啟稟大人，前幾天鄭日新跑來找我大吵了一架，說我殺了他表弟，所以我才知道有馬泰這個人。」楊清很老實的回答。

「如果你不認識馬泰，那麼鄭日新為什麼要告你

殺了馬泰，而且還把屍體藏起來呢？」

「那是因為鄭日新要馬泰到我開的布莊買布，然後再到城裡跟他會合。可是後來他一直沒等到人，才會懷疑是我把馬泰給殺了。」

「可是我派人調查過，馬泰確實跟人提過要去你的布莊。」張時泰仍不死心的追問。

「但是，他真的沒有來我的布莊呀！」楊清急忙否認。

張時泰冷笑道：「鄭日新說，他給了馬泰兩百兩銀子去買布。我想，一定是你看到那麼多錢，臨時決定把馬泰殺了，好獨吞那筆銀子，對不對？」

「大人，冤枉啊！」

張時泰審問了楊清很久，楊清始終不承認殺了馬泰。張時泰覺得很沒有面子，竟然派人重重打了楊清二十大板，又用棍子夾他的手指，硬逼楊清認罪。楊清痛得死去活來，最後不得不承認是自己殺了馬泰。事後，張時泰還得意洋洋的說，他只花不到一天就偵破了整件案子，可見自己辦案的能力，不輸給鼎鼎有名的包大人呢！

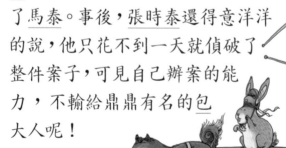

包公一行人來到孝感縣，發現那群帶著小動物雜耍的人也來了。他們神色慌張的東張西望，像是在找什麼東西。

　　「你們在找什麼啊？」包公問。

　　「我們的兔子跑掉了。」

　　「就是那隻戴著帽子的兔子嗎？」

　　「是啊。」

　　「咦，前面那兒，不就是那隻兔子嗎？」包公的手下指指前方。

　　大夥看到遠方那隻戴帽的小兔子，不約而同的跑去追牠，包公也緊跟在後。追了一段路，兔子跑到池塘旁邊後，突然停了下來。正在池塘旁邊的牧牛人看見大家都在追兔子，便要去捉牠。說也奇怪，那隻兔子一看到牧牛人，居然動也不動的蹲在那兒，讓牧牛人一手便把牠給捉住了。

　　包公看到這一幕，覺得那隻兔子實在是太奇怪了。牠為什麼跑了半天，卻忽然停在池塘旁邊？而且為什麼一看到那個牧牛人，就乖乖的束手就擒呢？

　　包公繞著池塘慢慢走了一圈，來到一棵大樹下，看著池塘裡深綠色的池水，突然打了個冷顫。就在這個時候，池水「咕嚕咕嚕」冒出一大堆泡泡，竟浮起一具屍體！

「快點把屍體撈起來！」包公急忙吩咐道。

幾個人手忙腳亂的下水去撈屍體，沒想到池塘裡又陸續浮出了兩具屍體。小小的池塘裡竟然沉了三具屍體，在場的人都驚訝得說不出話來。

包公想起兔子戴帽的那個「冤」字，便到縣衙去問張時泰最近這裡是否發生了什麼可疑的命案。張時泰想了一下，便將楊清謀害馬泰的命案從頭到尾說了一遍。

包公決定親自審問楊清問個清楚。楊清見到包大人出現在眼前，連忙大聲喊冤，說自己是受不了皮肉之苦才會認罪。包公問了楊清一些事情，發現他平常生活很單純，布莊的生意也很賺錢，應該不會為了兩百兩銀子就犯下殺人大罪。這時，剛好鄭日新跑來衙門認屍，他馬上就認出其中一具屍體是馬泰，當場抱著屍體痛哭失聲。

包公心想：「原本我還懷疑是鄭日新殺了表弟。不過看他這麼傷心的樣子，不像是裝出來的。這麼說來，兇手恐怕另有其人……」

於是包公要衙役回池塘那邊，找找看是否遺漏了什麼線索。到了傍晚，衙役回報包公說，除了見到那名牧牛人之外，並沒有任何新的發現。

「那個牧牛人看到你們，有沒有問些什麼？」包

公問他們。

「沒有，他什麼話都沒說，只是靜靜的坐在一邊，看著他的牛吃草。」手下回答。

「沒有？」包公覺得有點奇怪。因為通常老百姓看到官府辦案，而且又是死了那麼多人的殺人案，一定會好奇的問東問西。可是那個牧牛人竟然不聞不問，似乎有點不近情理。

「依你們看，那個牧牛人有沒有什麼跟一般人不一樣的地方？」

「他看起來很普通，跟一般人沒有什麼不同……不過他今天沒有戴帽子，才發現他原來是個禿子呢。」其中一名衙役說。

「你知道他叫什麼名字嗎？」

「他叫做袁毛禿。」

包公心中不覺一震。兔子戴帽是「冤」字，而「冤」與牧牛人的姓「袁」音類似；至於「毛禿」，如果倒過來念，不是跟「兔帽」的音也很接近嗎？於是他立即傳喚袁毛禿到案。

袁毛禿見包公威風凜凜的坐在堂上，戰戰兢兢的跪在包公面前。

「袁毛禿，你謀財害命，殺死了馬泰跟他朋友，認不認罪？」包公神情嚴肅的問道。

包公案

「小的不認識什麼馬泰，更沒有害死他們。」袁毛禿用發抖的聲音說。

「這麼說，你是冤枉的了？」

「是。」

「聽說若是冤死的屍體看到殺死他們的兇手，就會立刻活過來。馬泰的屍體就放在後面的小屋裡，如果你沒有殺死他，就去見見他的屍體，來證明你的清白！」

袁毛禿一聽包公這麼說，身體馬上變得很僵硬，臉更是脹得通紅，「大人，我……我不敢。」

「如果你沒有害死他們，有什麼好怕的？來人呀，帶袁毛禿去見屍體！」包公喝道。

袁毛禿知道事跡敗露，驚惶失措的大叫：「不要呀！我招，我招！」

包公怒斥道：「說，你是怎麼害死馬泰他們的？」

袁毛禿緊張的舔舔嘴唇，說：「我是在路上遇到馬泰他們幾個人，聽說他帶了一大筆錢要去買布，就騙他們去我家喝酒，把他們灌醉了以後，再拖到池塘旁邊，然後在他們身上綁上石頭，丟進池水裡。可能是因為繩子斷了，所以屍體才會浮起來。」

「有誰知道你害死了他們？」

「只有我娘跟我妻子知道。她們一直對我說，事

情早晚會曝光，到時候她們也沒臉活下去了……」袁毛禿說罷，竟哽咽了起來。

　　包公心想人命關天，馬上派人趕到袁毛禿家裡。只可惜當他們趕到袁家時，那對可憐的婆媳已經在家裡上吊自殺了。第二天，袁毛禿也遭到了處決的下場。

　　「袁毛禿害死了三個人，一家三口也因此而喪命，真是罪孽深重啊！」附近的鄰居不禁感嘆。

假扮新娘

　　揚州城外五里的地方住著一戶姓謝的人家，主人叫做謝景，他的兒子謝幼安娶了蘇家的小姐蘇明。他們一家雖然只有四口人，倒也過得和樂融融。

　　有一天，蘇明的遠親蘇宜來拜訪蘇明。蘇宜這個人不修邊幅，說話又粗里粗氣的，謝景以為他是個無賴，因此對他的態度十分冷淡。蘇宜覺得自己被謝景瞧不起，心裡很不高興，坐了一會兒就離開了。

　　過了幾個月，謝幼安有事要出遠門，當天沒辦法趕回家。有個叫李強的小偷，不知從哪裡打聽到謝幼安不在家，趁著黃昏沒人注意偷偷潛入謝家，躲在房間的床底下，直到半夜大家都睡了，才從床底下鑽出來，躡手躡腳的翻開櫃子，悄悄的把首飾和銀兩放進口袋裡。

　　不料等他把值錢的東西偷完，正要打開房門出去時，卻被醒來的蘇明給發現了。只是蘇明還來不及開口叫出聲，李強便搗住她的嘴巴，一刀把她給刺死，

然後悄悄的爬窗溜出去了。

天亮後，<u>謝景</u>夫婦一直都沒看到媳婦出現，在門外喊了幾聲，也沒有聽到回答。<u>謝景</u>覺得情況有點不對，便叫妻子進去看看。

「啊——」聽到妻子驚叫一聲，<u>謝景</u>立刻衝進房內，只見<u>蘇明</u>全身是血的倒在床上，早已沒有氣息。兩個老人淚眼汪汪的看著慘死的媳婦，一時也不知道該怎麼辦才好。

當天下午<u>謝幼安</u>回到家，發現妻子竟然已經死了，忍不住放聲大哭。他為了要找出是誰殺死妻子，每天從早到晚到處探訪打聽，可是就是找不到任何有關歹徒的線索。

<u>蘇宜</u>聽說這個消息之後，想起自己被<u>謝景</u>看不起的事，心想：「我何不利用這個機會，報他一箭之仇呢？」於是他向官府的<u>劉太尹</u>控告說，<u>謝景</u>趁著兒子不在打算欺負媳婦，可是<u>蘇明</u>抵死不從，於是<u>謝景</u>就動手把她給殺了。

<u>劉太尹</u>二話不說，直接就派人把<u>謝景</u>押來審問。「<u>謝景</u>，有人告你殺害了媳婦<u>蘇明</u>，你有什麼話說？」

<u>謝景</u>非常震驚，連忙否認道：「我沒有殺我媳婦啊！」並將當天發現<u>蘇明</u>被害的情況，詳細的說了一遍。

<u>劉太尹</u>聽了冷笑道：「哪裡有強盜殺人，被殺的人

包公案

竟然不哭也不叫的？而且你的房間就在她隔壁，怎麼可能什麼聲音都沒有聽到？我看根本是你狠心殺死了自己媳婦，然後把房間裡的首飾藏起來，假裝成是強盜闖入！」

謝景一時慌了手腳，不知該如何替自己辯白，只是拚命喊著：「大人，小的是冤枉的啊！小的是冤枉的啊！」

可憐的謝景雖然沒有殺人，但是面對劉太尹的質疑，他既提不出有力的證據證明自己的清白，又找不到真正的兇手，只好任由劉太尹把他關進牢裡，等待處決。

包公一行人出巡來到了揚州，忽然有名男子匆匆忙忙跑過來，擋在包公一行人的前面大喊：「包大人，冤枉啊！」

包公吩咐轎夫停下來，走出轎子一看，是一名文質彬彬的男子跪在路邊，便問他說：「你是誰？為什麼攔住本官？」

男子戰戰兢兢的說：「啟稟大人，小的叫謝幼安。我父親謝景被人控告殺死我的妻子蘇明，現在被關在大牢裡，快要被處死了。可是他是冤枉的！請大人明察！」

「你先起來，把事情經過詳細說給我聽。」包公說。

謝幼安把蘇明被殺的情況，原原本本的說了一遍，而且還說事後他發現蘇明放在櫃子裡的珠寶全都不見了。

包公聽了之後很納悶：「照你這樣說起來，蘇明應該是被強盜殺害的。可是，為什麼劉太尹會認為是你父親殺了她呢？」

「是我妻子有位親戚向劉太尹告狀，說是我父親殺的。」謝幼安說。

「這個人叫什麼名字？跟你們家經常往來嗎？」

「他叫做蘇宜，只來過我們家一次。家父不太喜歡他，所以後來他就沒有來過了。」

包公又把謝景叫來問了許久，對照父子兩人的說法，發現他們的說法十分一致，不像是在說謊。而且他認為劉太尹只憑蘇宜的一紙狀子，就斷定是謝景殺了媳婦，證據並不夠充分，於是下令謝景的死刑暫緩執

149

行，並派人調查兇手是否另有其人。

另一方面，李強在殺了蘇明後隱姓埋名，躲了好一段時間。不過這個人終究是惡性不改，他聽到江家富翁要娶媳婦，心想又是個偷錢的好機會，便打算故技重施。

婚禮當天，江家擠滿了前來道賀的客人，熱鬧得不得了。李強趁著人多時混進新房，然後躲在床底下，準備半夜再出來偷東西。不料這回他還沒動手，就被江家的人逮個正著，送到官府去了。

包公在瞭解事情的來龍去脈後，質問李強說：「你利用江家辦喜事的時候溜進去，躲到新人臥房的床底下，究竟有什麼企圖？」

李強辯稱說：「啟稟大人，江家的新娘子得了一種怪病，都是我負責醫治。這次也是她吩咐我跟在身邊，好隨時伺候她。」

包公心想，新娘子就算得了怪病，也不可能叫個大男人跟在身邊啊！可是他覺得李強這個人十分狡猾，現在再怎麼問他，恐怕也問不出什麼結果，便先將他關進牢裡。

包公回到書房思索了許久，覺得李強躲進江家，一定是想趁著沒人注意時偷走江家的財物，只是還沒動手就被逮到了。

包公案

「如果他不肯承認，又沒有證據證明他偷了東西，我也不能一直把他關在牢裡啊！」包公想到這裡，忍不住嘆了一口氣。這時他無意間瞥見擺在桌上蘇宜控告謝景的那份狀子，忽然心中一動：「難道蘇明的死，也是因為李強躲進謝家卻被發現了，所以才殺她滅口？」

於是他立刻派衙役去找一位少女，讓她穿上織錦做的華服，假扮成江家新娘的模樣，讓她與李強當場見面，等著看李強會有什麼反應。

第二天李強被帶到堂上，那位假扮成新娘的少女亦站在一旁。包公面容嚴肅的問李強說：「李強，這位小姐，你應該認得吧？」

李強見少女身上穿著華美的衣服，心想她一定是江家的新娘子，便故意裝出一副跟她很熟的樣子說：「小姐啊，妳叫我來幫妳治病，怎麼又派人把我捉起來呢？」

「……」少女只是靜靜的看著李強，什麼話也沒說。

包公看李強已步入他的陷阱，又問他說：「李強，你看清楚了，這位就是江家的新娘子嗎？」

「是……是啊！」李強有點心虛的說。

這時包公派人把真正的新娘子請出來，再問李強說：「那麼你看，這位小姐又是誰呢？」

李強同時看著真正的新娘子與假扮的新娘子，一時也傻了眼，說不出話來。包公指著江家的新娘子說：「其實這位才是江家真正的新娘子。你如果認識她的話，怎麼可能會認錯呢？」

「這……」李強被問得啞口無言。

包公拿起驚堂木用力一拍，大聲喝道：「李強，你分明是私闖民宅想偷東西，竟然騙本官是要替江家新娘子治病，實在是太可惡了！我看謝家的媳婦蘇明，一定也是你殺的！快點老實招來！」

「大人冤枉啊！我沒有殺人，我真的沒有殺人！」李強還是不肯承認。

包公見他仍然不肯認罪，便派人到他家中搜查，搜出不少金銀首飾，然後傳喚謝幼安前來指認。謝幼安一看到那些首飾，非常傷心的說：「這些首飾，都是我死去的妻子蘇明的啊！」

李強知道東窗事發，已經無法抵賴，只好老實招認自己把蘇明殺死的所有經過。

至此案情總算是水落石出。李強因為竊取財物，殺人滅口，卻又不知悔改，還想重施故技，被包公判

處死刑。至於蘇宜因為沒有證據就誣告別人，被判重打二十大板。另外，包公也釋放了無辜的謝景，還他應有的清白。大家知道了這件事，莫不稱讚包公的公正與英明，真是大快人心！

包公案

廚子做酒

　　午後的天空突然出現一大片烏雲，一開始只是濛濛細雨，後來竟變得雷電交加，下起傾盆大雨來。在淅瀝的雨聲中，隱約好像聽到有人在衙門外面嗚嗚啜泣。

　　「是誰在外面？快去看看！」包公吩咐道。

　　不一會兒，衙役回來說：「大人，有位婦人哭哭啼啼的跪在外面，好像有什麼冤情。」

　　「哦？快把她帶進來！」

　　在衙役帶領下，一名神情哀戚的婦人手上抱個孩子，全身溼淋淋的走進了公堂。她一見到包公，立刻跪下來連叩了幾次響頭說：「包大人，請您救救我們母子吧！」

　　「發生了什麼事？」包公問她。

　　婦人淚眼婆娑的看著包公，像是有什麼話想說，可是又說不出口。

　　包公安慰她：「不用怕，有什麼話妳儘管說，我一定會幫妳。」

婦人聽包公這麼說，便鼓起勇氣，說出自己的遭遇。

　　這名女子姓吳，兩年前嫁給了秀才張虛，兩人育有一子，過著幸福美滿的生活。有天張虛的朋友孫仰跑到張家想欺負吳氏，吳氏奪門而出，並將這件事告訴了張虛。張虛雖然很生氣，可是想到孫仰家有錢有勢，他們實在是招惹不起，只好硬生生的嚥下這口氣，並決定以後不再與孫仰交往。

　　幾個月之後，孫仰派僕人來找張虛，說有重要的事情要商量，請張虛務必到開元寺一趟。張虛怕得罪孫仰，只好答應赴約。可是當天晚上張虛一回到家，就覺得肚子很痛，吳氏連忙把張虛扶進房裡休息，卻見丈夫的臉色變得鐵青，而後眼睛、鼻子跟嘴巴裡流出大量的鮮血。張虛用顫抖的聲音對吳氏說：「孫仰請我喝酒……我一定是中毒了！」過了沒多久，就斷氣了。

　　吳氏雖然知道張虛的死因，可是手上沒有證據，又擔心孫仰會報復，只好默默為張虛辦了喪事，並沒有將張虛死前所說的話告訴任何人。

　　過了半個月，媒人跑來對吳氏說，孫仰想娶吳氏做二房。吳氏當然死也不肯答應，想不到孫仰竟撂下狠話說，如果不肯嫁的話，就要讓吳氏跟她的兒子活不下去！

　　吳氏說到這裡，早已是淚流滿面。她用手抹去臉上的淚水，哽咽的說：「我到地方官府去伸冤，可是他們都怕得罪孫仰的父親，勸我最好答應嫁給他。所以我只好來這兒，請包大人替我做主！」

　　包公問：「孫仰父親叫什麼名字？做的是什麼官？」

　　吳氏淚眼汪汪的說：「他叫孫明，是專門掌管軍隊的都監。」

　　包公點點頭，要她先回家去等候消息，然後召來里長問說：「孫都監是個什麼樣的人？」

　　里長面有難色的說：「不瞞包大人，孫都監的個性非常霸道，只要是他看上眼的東西，一定會想辦法弄到手。這裡的官員都很怕他。」

　　「那他的兒子孫仰呢？」

　　「孫仰仗著父親在朝廷做官，經常霸占人家財產，欺負老百姓，還會不時逼著村裡的婦女跟他到開元寺飲酒作樂，擾亂佛門清淨。大家都對他恨之入骨，可是都不敢反抗。」里長說。

　　包公大怒：「朝廷竟然有這種官員，放任兒

子做出如此不知羞恥的事，簡直是目無法紀！我絕對要讓他得到應有的制裁！」

過了幾天，包公打扮成僕人的模樣來到開元寺。他才走進大廳，便聽見有人通報說孫仰要來喝酒，請所有來上香的客人離開。

包公心想：「真是天助我也！這麼一來，我就可以看清楚孫仰是怎麼樣的人了！」他立刻轉身躲進佛殿後面，透過一扇小窗子探看外面的情形。

這時孫仰帶著幾名僕人及一名專門伺候他的廚子，趾高氣昂的來到了佛殿。開元寺幾個老和尚連忙走出來，恭恭敬敬的站在一旁迎接他，而後在廚子的幫忙下，端出一道道精美豐富的菜餚及好酒，讓孫仰盡情的吃喝。

包公躲在後面，看見孫仰得意洋洋的坐在佛殿上大口喝酒、大口吃肉，簡直快氣炸了。有位老和尚發現包公躲在佛殿後面，問他說：「你是誰？為什麼在這裡？」

包公愣了一下，隨即很機警的回答道：「我們家老爺明天要請包大人吃飯，聽說孫公子的廚子燒得一手好菜，要我來打聽他是誰，想請他替包大人準備酒菜。」

「原來如此。孫公子的廚子姓謝，平常都住在孫家。不過，你們家老爺想請他去做菜，大概是還沒聽說那件事吧？」

包公納悶的問說：「不知道師父指的是哪件事？」

老和尚把包公拉到一角，見四下無人，才小聲對他說：「幾個月前，孫公子約了張秀才來這裡喝酒，當時他們吃的酒菜，就是這個姓謝的廚子做的，沒想到第二天張秀才就中毒死了。我聽人家說包大人是個清廉的好官，你們老爺找這種人去準備酒菜，萬一包大人出事的話，那可就糟了呀！」

包公拱手向老和尚道謝，匆匆離開了開元寺，回到衙門後馬上派人把謝廚子捉來審問。「謝廚子，有人說你害死了張秀才，有這回事嗎？」

謝廚子跪下來大喊：「包大人冤枉啊！我怎麼可能會去害張秀才呢？一定是有人陷害我！」

「喔？那麼是誰要陷害你呢？」包公問道。

「這……」謝廚子想了一會兒，馬上接口說：「或許是有人嫉妒我的手藝，才會故意放話說是我用毒酒害死了張秀才。」

「可是，我並沒有說張秀才是被毒酒害死的，你怎麼會知道呢？」包公反問他。

謝廚子發現自己說漏了嘴，連忙說：「我……我是聽別人說的。」

「那麼，你又是聽誰說的呢？」包公繼續問道。

「是……是……」謝廚子吞吞吐吐，說不出來。

「是不是孫仰要你在酒裡下毒的？」

「不是！不是！」謝廚子急忙否認。

「如果不是孫仰要你這麼做，那就是你慫恿孫仰下毒，把張秀才害死的囉？」

「冤枉啊大人，小的只是聽命行事，我……我也是不得已的啊！」

謝廚子禁不得包公再三逼問，終於坦承是孫仰命令他在酒裡放毒藥，害死了張虛。包公問明事情經過之後，隨即派人到孫家說想請孫公子吃飯，請他一定要賞光。

孫仰聽說包公要請他吃飯，心裡又驚又喜，開開心心的前去赴約。他看到包公特地準備了一桌酒菜，拿起酒杯，站起來說：「包大人為我準備了酒菜，真是太不好意思了。來，我敬你一杯！」

「孫公子不用這麼客氣。其實我今天請你來，是有事想請教你。」

「喔？什麼事？」

「有人告訴我說，孫公子害死了一名叫張虛的秀才，不知道是不是真

有這回事？」

　　孫仰聽了臉色大變，當場把酒杯摔在地上，生氣的說：「是誰說的？他有什麼證據？」

　　包公不動聲色的說：「這個人你也認識。」說罷，便叫人把謝廚子帶過來。

　　孫仰一看到謝廚子，臉上立刻露出惶恐的表情。起初他還不肯承認，後來包公要謝廚子說出孫仰如何逼他把毒藥攪在酒裡的事。沒想到孫仰知道自己無法抵賴，竟然還厚著臉皮說：「包大人請息怒，我知道自己做錯了。請您看在我父親的分上，饒我一命吧！」

　　包公火冒三丈的大聲怒道：「事到如今，你非但不知道悔改，還想利用父親的特權，要我饒你一命，實在是太可惡了！我絕對不會讓你繼續胡作非為！」

　　包公一聲令下，將孫仰拖進大牢裡重打五十大板，並在第二天處以死刑。地方上的百姓知道包公完全無視於孫家的權勢，公正無私的處理孫仰毒死張虛的案子，紛紛豎起大拇指，稱讚包公真是不折不扣的青天大老爺！

包公案——最耀眼的青天

 讀完包公的故事，你是不是對那個臉黑黑、額頭上有個彎月的包公感到好奇呢？動動腦，回答下面的問題吧！

1.在所有故事中，讓你印象最深刻的故事是 _____

_____

因為 _____

_____

_____

_____

2.如果包公出現在你的面前，你最想對他說

_____

_____

3.如果你是包公，面對狡猾的壞人時，你會

_____

_____

_____

_____

_____

_____

4.讀完這本書，你學到了 _____

_____

_____

_____

_____

_____

_____

在經典故事中成長

——有圖、有料、有意思

唐三藏西天取經、魯智深大鬧桃花村、

諸葛亮草船借箭、牛郎織女鵲橋相見⋯⋯

過去，我們讀這些故事長大

現在，我們讓這些故事陪孩子一起長大

豐富的文化應該被傳承，傳統的經典需要有新意

小說新賞，讓經典再現——

🍶 導讀簡明，掌握故事緣起

🍶 內容生動，融合古典新意

🍶 插圖精美，呈現具體情境

🍶 經典新編，富含文學性質

全系列共三十冊　敬請期待

一生不可不讀的三十本經典

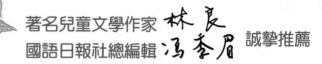

著名兒童文學作家 林良
國語日報社總編輯 馮季眉 誠摯推薦

一套充滿哲思、友情與想像的故事書
展現希望、驚奇與樂趣的
我的蟲蟲寶貝！

想知道

迷糊可愛的毛毛蟲小靜，為什麼迫不及待的想「長大」？

沈著冷靜的螳螂小刀，如何解救大家脫離「怪傢伙」的魔爪？

膽小害羞的竹節蟲阿比，意外在陌生城市踏出「蛻變」的第一步？

老是自怨自艾的糞金龜牛弟，竟搖身一變成為意氣風發的「聖甲蟲」？

熱情莽撞的蒼蠅依依，怎麼領略簡單寧靜的「慢活」哲學呢？

Let's Go!
隨著昆蟲朋友一同體驗生命中的奇特冒險
學習面對成長過程中的種種難題
成為人生舞臺上勇於嘗試、樂觀自信的主角！

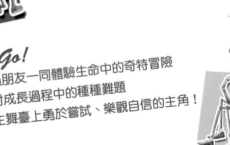

國家圖書館出版品預行編目資料

包公案／陳昭如編寫;徐福騫繪.－－初版三刷.－－臺
北市: 三民, 2017
面; 公分.－－(兒童文學叢書／小說新賞)

ISBN 978–957–14–5430–6 (平裝)

859.6 99024984

© 包 公 案

編 寫 者	陳昭如
繪 者	徐福騫
發 行 人	劉振強
著作財產權人	三民書局股份有限公司
發 行 所	三民書局股份有限公司
	地址 臺北市復興北路386號
	電話 (02)25006600
	郵撥帳號 0009998–5
門 市 部	(復北店) 臺北市復興北路386號
	(重南店) 臺北市重慶南路一段61號
出版日期	初版一刷 2011年1月
	初版三刷 2017年6月修正
編 號	S 857430

行政院新聞局登記證局版臺業字第○二○○號

有著作權・不准侵害

ISBN 978–957–14–5430–6 (平裝)

http://www.sanmin.com.tw 三民網路書店
※本書如有缺頁、破損或裝訂錯誤,請寄回本公司更換。